狄公奇案

狄仁傑奇案

〔荷兰〕高罗佩 著
张凌 整理

上海译文出版社

高罗佩
狄仁杰奇案
根据新加坡南洋出版社 2020 年版影印本整理

图书在版编目(CIP)数据

狄仁杰奇案/(荷)高罗佩著；张凌整理. —上海：上海译文出版社，2023.4
ISBN 978-7-5327-9163-7

Ⅰ.①狄… Ⅱ.①高… ②张… Ⅲ.①侦探小说—荷兰—现代 Ⅳ.①I563.45

中国国家版本馆 CIP 数据核字(2023)第 036535 号

狄仁杰奇案
[荷兰]高罗佩 著　张凌 整理
责任编辑/顾真　装帧设计/张志全工作室

上海译文出版社有限公司出版、发行
网址：www.yiwen.com.cn
201101　上海市闵行区号景路 159 弄 B 座
常熟市文化印刷有限公司印刷

开本 889×1194　1/32　印张 7.75　插页 4　字数 120,000
2023 年 4 月第 1 版　2023 年 4 月第 1 次印刷
印数：0,001—8,000 册

ISBN 978-7-5327-9163-7/I·5697
定价：49.00 元

作者高羅佩博士

R. H. Van Gulick, LITT. D.

狄仁傑奇案

高羅佩著

南洋印刷社有限公司出版

一九五三年十一月

（作者原稿手蹟之一）

第十九回

語寓玄機賴茲逸士
心通脈絡幸有賢官

話說狄公這日用過午飯。見馬榮喬泰出去拿人。他便一面翻閱文卷。一面尋思案情。他見洪亮在旁伺候。便放下文卷。長嘆一聲。對他說道。此一番馬榮和喬泰。如不能悄悄的將那匪徒拿到。則這個地方。實在危險了。洪亮道。老爺自管放心。比這個難辦的。他們都作過了。這一回決定可以手到擒來。狄公停了一會。又說道。他們兩人此番也要費些手腳。一時不

（作者原稿手蹟之二）

會就回。今日天氣甚好。借此工夫。到外面走一走換換心情。打算訪一訪那位鶴逸先生去。洪亮聽罷。知道狄公每遇煩燥。便喜到外邊逍遙一回。於是答應一聲。吩咐差役備馬。一齊便服冠帶。上馬出衙。直向城南走去。出了南門。來到南山山麓。一看遍山葱蔚。樹木遮滿。紅葉蕭蕭。秋意方興。二位下馬。僱人代為看守。於是覓經步行。爬上山來。到了山頂。四下一望。爽目清心。與城內大不相同了。觀望休息一會。再往山後下來。小徑荒涼屈折。夾溪水聲。空林鳥語。顯得格外岑靜。經過一座山橋後。沿溪而行。遙見一家茅

卷头语

因为世界上有着许多不同的民族，每个民族又各有自己本国的语文，所以历来各民族间不但文化不易交流，甚至许多无谓的隔膜都无法消除。同时复因一些胸襟偏狭的政治家们，为了政治原因，不惜从中推波助澜，把各种不同的语文强分优劣，抑彼扬此；影响所及，致民族与民族间的一道鸿沟越发不可调和。在这上面，我们的方块字——中国语文，一直吃过不少的亏！

其实，语文的作用，不过是一项工具，既无所谓优劣，在学习上也不见得有什么难易之分。唯一的关键，即学外国语文的人，是否不为文字所束缚，肯不肯向语文深处——生活方式那里去钻研罢了。我们相信，倘能了解一个民族的生活方式，那对于通晓其语文一层，实无异“探囊取物”，绝非难事。过去西洋人士总认中文是一种最难懂、最难学的语文，可见大家都未注意这一项原理。现在荷兰高罗佩先生能够直接用中文和中国资料，写出一部中国旧小说《狄仁杰奇案》，便证明中文并没有什么难学的地方。这是本书值得我们重视的第一点。

其次，从文字技巧来说，高罗佩先生的中文造诣，也足令人佩服。诗词这些不必说了，单文笔的流畅，不是下过一番苦功夫的人，决计达不到这种境界。好在本书问世后，读者将来自有定评，此刻毋庸细述。再次，高罗佩先生在本书中又完成了一种难能可贵的风格，即所反映的纯粹是中国生活的情调，这几乎使人料想不到作者是一位外国友人。我们不知道高罗佩先生研究中文的方法，但相信他的成就一定是从实际生活中体验得来的。有机会时，还希望高罗佩先生能够自己来报告一下。

此外，本书的造意新奇，布局紧凑，虽说运用旧资料、旧方法，可是中间却含有不少新技巧在内。所以说本书是旧瓶装新酒，却也未尝不可。

一九五三年十一月十一日冯列山写于新加坡

黄　序

高罗佩先生（R. H. van Gulick，LITT. D.），字芝台，荷兰人，系陆军中将高维廉将军的第五公子。生于一九一〇年，四岁时曾随亲旅居爪哇，十三岁始回荷兰，十八岁入莱丁大学❶法律学系，专攻国际公法，二十岁时著有学士论文，题为《如何改良荷属东印度华侨的法律》。同年又入该大学东方语言学系，修读中、梵、日等语言与历史，二十五岁著《马头观音考》的博士论文，得文学博士学位。❷此后历任荷兰驻中国、日本、美国及印度外交官，现任印度新德里荷兰大使馆参赞。他除荷、英语外，尚能说一口极流利的国语及日语，尤以说日语时，更酷肖日人，实一天才的语言家。

高罗佩先生除为一位外交官、天才语言家外，同时还是一位极出色的汉学家。他精通中国语文，善诗词，工书法，尤擅长草书；而且复善操中国古琴，治金石，其多才多艺及方面之广，在西欧汉学家中实堪称首屈一指。他旅居日本时，曾治琴史，并研究砚史，有英文著作《米海岳砚史考》《中国七弦琴之研究》《嵇康琴赋考》等书。因利用日本资料来研究琴史，遂旁及东皋禅师，于是广搜其遗文事迹，撰有《明末义僧东皋禅师集刊》，由商务印书馆于一九四四年出版。此二百年前的志士，素为日本人所崇拜，但在中国反而鲜有知者，故其贡献更受人注意。抗战期间，他在重庆与我国文艺界人士过从甚密，因研究古琴的关系，还组织一个“天风琴社”，每逢演奏，照例室无虚座；惜战时生活紧张，致使他不能继续作专门的研究。高罗佩先生平日又酷嗜西洋侦探小说，而对于中国古代的侦探小说，尤感兴趣；暇时便自己动手，英译了一部旧小说《武则天四大奇案》，曾于一九四九年在日本出版，名为 *Dee Goong An, An Ancient Chinese Detective Story*（《狄公案——一部中国古代的侦探小说》），将中国古代的长篇侦探小说，直接介绍给欧美的读者。

我的认识高罗佩先生，远在一九四二年❸，那时候他任重庆荷兰大使馆一等秘书职，尚未结婚，我们常在挚友叶秋原先生家里聚谈。闲谈中他曾不断赞扬中国妇女的美德，后经友人介绍，认识了前京奉铁路局局长水孟赓先生的第八女公子，水世芳小姐（毕业于西南联大❹）。他们两人，一见倾心，终成眷属。结婚时除依照基督教仪式外，复举行中国新式婚礼，中荷两方的法律习惯同时兼顾，其思想的新颖，胸襟的旷达，可

❶ 现通译为莱顿大学。

❷ 此处关于高罗佩先生个人经历的记述，与事实略有出入。高罗佩的姓氏范古利克通常拼写为 van Gulik。1930 年 9 月，他进入莱顿大学文学系和法律系，1932 年 2 月通过了中文主修和日文副修的学士学位考试，同时以论文《荷属东印度华人司法地位的发展》通过法律系学士学位考试，后来转入乌特勒支大学，1934 年 4 月以论文《米芾〈砚史〉》获得东方语言学硕士学位，1935 年 3 月以论文《马头明王古今诸说源流考》获得哲学与文学博士学位。

❸ 此处存疑。根据高罗佩先生传记，他于 1943 年 3 月抵达重庆任职。

❹ 水世芳女士毕业于齐鲁大学。

以概见。

本书名《狄仁杰奇案》，系以唐代名相狄仁杰初任县令时的破案故事为主题，并连带述及其亲信马荣、乔泰、陶干、洪亮等人的事迹。高罗佩先生用现代的眼光去处理这种新颖离奇的情节，自然很容易引人入胜。中国“公案”一类的旧小说，如《包公案》《彭公案》《施公案》等，历来传诵已久，妇孺皆知，毋须细述。不过欧美人士能够直接用中文来撰写中国古代的长篇小说，而文字畅达，造意新奇，足同我国旧小说名家相抗衡的，据我所知，高罗佩先生实为第一人。所以此书之出，不胫而走，可为预卜！

一九五三年十月五日黄应荣序于新加坡

自　　序

前清末年，英国科南道尔所著福尔摩斯之侦探小说译成华文，一时脍炙人口。是后此类外国小说即遍流国内，甚至现代人士多以为：除英美德法四国所出以外，全无此类述作。果尔，中国历代循吏名公，岂非含屈于九泉之下？盖宋有《棠阴比事》，明有《龙图公案》（注：原为“龙图等案”），清有狄彭施李诸公奇案，足知中土往时贤明县尹，虽未有指纹摄影以及其他新学之技，其访案之细，破案之神，却不亚于福尔摩斯也。然此类书籍，间有狗獭告状，杯锅禀辞，阎王指犯，魔鬼断案，类此妄说，颇乖常识，不足以引今人之趣。故光绪末年，吴趼人首以《九命奇冤》一书改编作《警富新书》[1]，曾见赞于世，惜后起乏人，致外国侦探小说仍专擅文坛也。是以不佞于公余之暇，于历代名案漫撰三件，删其虚而存其实，傍摭《宣和遗事》以下诸书故事而编辑此书，一以唐朝显宦狄梁公仁杰为主，故名曰《狄仁杰奇案》。并择旧藏明末版书为底本，略参新义，画制为插图。茹古咀新，其能否和芍药以成羹臛，仍待博识君子之雅鉴尔！

公元一九五二年荷兰高罗佩识于尊明阁

❶ 此处有误。高罗佩先生在 1949 年英译本《狄公案》前言中亦曾提到，吴沃尧（即吴趼人）以十八世纪公案小说《警富新书》为基础写成《九命奇冤》一书，以此说为实。

题　词

奇才奔驶胜西厢，脉络纵横廿五章。读罢半窗灯影暗，啾啾鬼火惨栏坊。

名园奇案极膻腥，闾井骚骚气不宁。赖有判官明似镜，宵人终教服天刑。

梦砚生

虞初来上国，班马寄高贤。笔入生花境，文成落纸妍。离奇归玄妙，变化自无边。读罢惊心起，倾樽又几千。

立　斋

整理说明

本书文字依据《狄仁杰奇案》新加坡南洋印刷社 1953 年初版录入。根据正文前所附的手稿图片，可见作者不用标点符号，只标明句读且不分段；初版书中亦不分段，主要加入六种标点符号，即逗号、句号、冒号、分号、问号、惊叹号，某些用法与如今似有不同。为了便于阅读，本书中加入引号和书名号，适当分段，并对原有的标点符号略做了一些必要修订。

由于创作年代关系与拟话本风格，原文中的某些用字也与如今有所不同，比如“的”和“地”皆用“的”，“他”“她”和“它”皆用“他”，“那里”和“哪里”皆用“那里”，“为什么”用“为甚么”。在不影响阅读与理解的前提下，尽量保持原貌，只对一些明显的错印、漏印和前后颠倒之处加以改正，并择要注明。

狄仁杰奇案（目次）❶

第 一 回　搜遗闻青衿逢逸叟　接新任县尹遇刀人 …… 1
第 二 回　夜审贼囚惊闻恶霸　初翻旧档预理沉冤 …… 11
第 三 回　狄县尊微服查民隐　丁公子曲巷诉衷情 …… 19
第 四 回　夙夜为公心悬三案　恫瘝在抱义释群贼 …… 25
第 五 回　伙劫公堂强徒中计　独擒恶霸贤宰除凶 …… 35
第 六 回　传见耆绅关心民瘼　女呈遗画曲诉冤情 …… 41
第 七 回　审强徒爪牙招实状　报假案僧侣受官刑 …… 51
第 八 回　报告噩耗伸冤县署　理明奇案尸验民家 …… 61
第 九 回　庆寿筵老翁遭意外　究凶手恶霸死监中 …… 69
第 十 回　访凶徒微行入酒店　谈艺理狂态欺官差 …… 79
第十一回　陶干深夜入三宝庵　马荣酣醉眠长春店 …… 89
第十二回　推测隐微穷究画理　偶得机密始露幽情 …… 99
第十三回　初访倪家寻求墨宝　重勘丁府细测畸情 …… 109
第十四回　梅子含毒误杀老鼠　匣中藏印疑捕狂生 …… 117
第十五回　月下寻踪画中爱宠　笔端寄意梦里恩情 …… 123
第十六回　入民家差头寻长女　游北里猛士煨羊羔 …… 133
第十七回　寡妇孤儿重来县署　贤臣勇弁初探迷宫 …… 141
第十八回　老吏知根侈谈隐士　都头设计巧捕夷酋 …… 149

第 十 九 回　语寓玄机赖兹逸士　心通脉络幸有贤官 ………… 159
第 二 十 回　中计陈词贼酋认供　摘奸发隐祸首成囚 ………… 167
第二十一回　谋叛元凶直供诡计　忠义大汉详报军情 ………… 177
第二十二回　吴峰画师当面提婚　贤明县尹潜心搜秘 ………… 187
第二十三回　破迷宫亭中获真迹　见血印榻下露残尸 ………… 195
第二十四回　巧骗儿女凶人逞恶　生擒画师勇弁施威 ………… 205
第二十五回　圣旨传来诸凶正法　神龙飞去一宰知机 ………… 215

❶ 全书目次中的个别用字与正文中章节回目略有不同，现根据原貌而录。

第一回

搜遗闻青衿逢逸叟

接新任县尹遇刀人

词曰：运转鸿钧包万有，日星河岳胎鲜。人间万物本天然，恢恢天网秘，报应总无偏。　　在位古称民父母，才华万口争传。古今多少圣和贤，稽天行大道，为世雪奇冤。

俚词念罢，且说时当大明永乐年间，圣帝在位，风调雨顺，五谷丰登，刑措不施，万民乐业，真乃一片升平景象。在下是一个青衿士子，赋性好奇，自小就喜欢读那些清官循吏之传，奇闻异案之书，日积月累，竟乃成癖。每当闲暇，便浏览历代奇案，见那一郡之宰，或是一县之令，无不巨眼博识，手稳心精，访察细腻，破获神速，定谳雪冤，替民除害。就中曲曲折折，离离奇奇，洵乃妙绝人寰，大可惊奇拍案。只是当天下太平的年月，搜奇访异，煞是难得，因此每于茶馆酒肆之间，便找些个三五知己，谈古论今，请大家各就所知，把些古代折狱故事，作为谈论的材料，每每心往神驰，发思古之幽情，这也是人生一桩快事了。

单表这一日，在下独自一人，往游西园。这是当地一个著名清暑憩游之所，于是沿着花径板桥，经过莲池柳岸，来到湖心一座茶馆所在。但见绿女红男，黄童白叟，临风观景，踞坐品茗，往往来来，谈谈笑笑。掠目四观，想找一个座位，恰有两个年青女子，迎面走来。一双姐妹模样，那年轻的倒是有说有笑，只是年长的，却是一派端庄，一声不响，面带愁容，似乎她的身世，必有不可告人之苦。后面跟着她们的，是类似仆伴的一个老媪，拄着拐杖，蹩躠的走来，竟是一副恶相，令人作呕。在下一边望着她们，一边侧身让她们过去后，就在亭边找到了一个茶座坐下。但见由左厢对面，有两个少年男女，迤逦而来。女的屡次想和男的说话，而男的总是皱着眉头，闪闪躲躲，看那样子，必是别有私情，决非结发夫妇了。再看右厢对面座中，则有一个衣冠齐楚、类似乡绅气派的客人，兀自坐在那里品茗。此人肥头大脸，稀稀眉毛，仪表与众不同。在他那雍容的外表下，又隐藏着一种冷酷之气，本想打个招呼，却又不敢冒然去接近。在下一边嗑着瓜子，一边喝着清茶，左顾右盼，在这形形色色人物之中，掠景观奇，也是素日习惯如此，作为独自消遣的一法。

正在这时，忽见茶馆门前，有一位高高身材、须发皆苍的老头，扶着一根拐杖，缓步拾阶走了进来。他风神洒洒，像貌堂堂，身穿着一件棕色长衫，头戴一顶折巾纱帽。我陡的看见这位老者，有些超俗出众，来历必是不凡，油然起了一种敬意。既然独据一桌，何不让他同座，借此攀谈！况且老人们都是饱经世故，说不定有些奇闻异事相告，不也可增加些见识吗？主意一经打定，连忙站起向老人深打一躬，招呼入座。老人见在下如此，不便拒绝，也就坐了下来，于是重新泡了一壶茶，略事寒暄，互相通了姓名。原来此老姓狄，是一位卸任府台，谈话之间，觉得他是一个学问经验十分渊博的人物。两人由槛外的荷花，堤边垂柳，谈到菜圃农桑，民间疾苦；感戴圣主郅治之隆，咏叹先贤诗文之雅。听他是一派山西口音，骤然想起狄姓乃山西大族，顺口问了一声道："老人家是否太原狄氏之后？在八百多年前的唐朝，出了一位狄公仁杰的，是一家吗？"一言才罢，只见老人觑了我一眼，似乎有一点不耐烦，加重了点声音答道："不错，我确是太原狄氏一族。只是提起远祖狄公，当可引以为荣；不过又因为先人遗事，往往惹出许多不快之感。"说到这里，老人端起茶杯，呷了一口。我问道（注：原为"过"）："老人家何出此言？"老人答道："提起狄公，本是前朝大唐一位公正廉明的清官，确曾破过许多棘手的大案子。事实原委，除略见于史书外，其详详则载在舍下代代相传的家乘里面，与外间流传的大不相同。常听到一些人在酒后茶余、街谈巷议之际，论起我们远祖事迹，多半是荒唐无据，信口开河，不实不尽，妄诞夸张。要知过分的玄虚，也就近于污蔑了，真是听不胜听，辨不胜辨。有时闷气自生，连饭都吞吃不下了，你说可恶不可恶呢？"老叟说到这里，有些忿忿起来，不住的拿着拐杖，连跺了地面几下。

在下听了这一番话后，却是正中下怀，暗自高兴，连忙站起来，向老人重打一躬说道："不瞒老人家说，敝人素日最好研究往古名臣判案事迹，并非拿着故事当茶余酒后，佐兴助谈，乃是想标榜前贤的德行事迹，作为我们后辈处世的借镜。而且人世间善恶报应的分明，没有比那判案故事来得更清楚。在下是一个多年收集这类材料的人，觉得自古及今，奇谋破案，明断如神，再没有比得上我们狄公的。谁料此时此地，竟会碰到你老，既是先贤后裔，又是掌故家藏，诚乃三生有幸了。如今不嫌冒昧，敬求你老人家不吝珠玉，根据府上家乘，将当年狄公的折狱故实检出几件谈谈，也是愚下闻所未闻，足以大开茅塞。况且由在下口宣笔录，尽可传扬，借以辨正世俗，不也可一消老人家之闲气了吗？此处人声嘈杂，那边雅座较为清静，老人家如不见弃，请即移玉那厢，畅谈如何？"我说完这话，只见老人脸上，已有些霁色了，并连声答了几个"好吧好吧"。于是同时站起，让老人先行，随即走进西厢傍水的一间小雅座里面。这时候已见一抹斜阳映照水面，人影历落散乱，远村继起炊烟。于是招呼堂倌，叫了四样小菜，两壶白酒，临湖观景，挡樽对酌，竟添了若许的诗情画意。

三杯过后，只见老人略有些酒意，兴致也似乎勃勃起来了。他微捋胡须，沉思了半晌，对我说道："承君雅意，不能不略有所告。只是当年远祖办过的案件，不胜其繁，就中以他老在西北边的一个栏坊县知县任内所发生的三件案子，为最奇曲古怪。如今说出来之后，正可看出人间的多少悲欢离合，奇情诡遇。"他说到这里，又端起酒杯，深深的呷了一大口，从此就滔滔不绝的谈了起来。在下一边畅饮，一边倾听，竟因此浑浑沉沉似乎醉了。但见老人依然谈锋甚健，语不厌详，奈在下多贪几杯，只觉耳边嗡嗡，昏昏思睡。

在迷糊惝恍之间，陡觉得有人在我的肩上掇了一下子，惊醒来一看，但见屋内已一灯如豆，杯盘狼藉，那位老人竟不知去向了。外面已是夜阑人散，景物沉沉，面前只站定一个板着面孔的堂倌，对我说道："客官睡的好半天了，二鼓已交，小店不同旅馆，你老会过账，也该走了罢！"鄙人骤然清醒，正感惊奇，又见那堂倌说话不大逊顺，一时竟想不起用甚么话来骂这粗鲁的家伙几句，只得按捺下去，定了定神，向他打听方才那位老人那里去，又替他形容一番。堂倌却粗声粗气的称道：他整日在大厅当值，并没有到这房里来。而且一天到晚，来往的客官那样多，那里记得每一位顾客的样子！一边说着，便把账单递了过来。我一看上面，开着六样菜、八壶酒，吃的这样多，是不是他趁人酒醉思昏，胡乱的多开了几个钱，也未可知，但是除了照付之外，再没有别的法子可想。心里最挂念的，还是那位老人，他的风神言语，历历在目耳之间，何以竟不辞而别？使人疑疑惑惑，如坠雾中，而且一觉醒来，又把老人名号里居通通忘掉。况且他来的偶然，去得蹊跷，究竟所遇是真情呢，还是一场梦幻呢？一时忐忑不定，诧异难决，只好垂头走出茶馆，匆匆回到寓所。跨进书斋时，见小厮蜷缩睡在一厢，不屑理他，便赶紧找出《唐书》，和自己积年访问得来的笔记，披阅了一会儿。回想老人所说，大体与史料相符，惟在唐朝的舆图上，再也找不到那栏坊的一个县，未免又添了些狐疑。但不管如何，且展纸染翰，把老叟所说的三件奇案，马上记录下来。一口气写下，直到晨鸡报晓，方行搁笔。到了次日清晨，便四处打听那位曾经做过知府的狄姓老翁，冀或一遇，也算奇缘，可是一点消息皆无，只好权认这位老人是过路客人，或是一个息迹山林的隐士罢了。现在在下把这狄公三案，呈献看官面前，至于那一天莲池奇遇，究竟是梦是真，须待看官自行领会去罢了！闲言少叙，书归正传。

话说大唐中宗年间，在朝有一位名臣，此公姓狄，名仁杰，表字怀英，乃山西太原人，少由明经出任县尹，一直升到侍郎，平章国事，封为梁国公。他为人公忠保国，刚正廉明，一生平反大狱，判断奇案，不下万余件，事载国史，名垂千秋。

如今单表这年，狄公奉命由江苏蒲阳县，改调栏坊。这栏坊县位于西北边陲，与回纥土番，犬牙相错。朝廷以狄公考迹最优，又以边县难治，必用干员，于是调任的命令就落到狄公身上了。狄公拜命后，怎敢怠慢，于是赶办交代，即刻动身。一方派人，快马先行，咨会栏坊；一方屏当行装车辆，准备登程。随带人员眷属，除三位夫人、男女公子、小厮丫头外，尚有自幼在狄府的一位洪管家，和两位绿林出身、改邪归正的马荣乔泰。这两人是狄公早年收在麾下，都是练就一身武艺，办案有功，故狄公就将他两人充当着两名快班都头，并倚之为左右手。另有一位名叫陶干的，此人早年跑过江湖，足智多谋，却练就了一身小巧功夫，年青时为非做歹，曾犯在狄公手内，因贤臣怜才，劝他改入正途，于是留他作一个长随侍卫。

这一日，狄公把老管家洪亮叫来，问了问，知道车辆人马，统统备齐，只待动身，又嘱咐他传下话去："此去要走好多日子，始能到达；多带些干粮草料，少打扰老百姓，而且边徼路荒，更要格外留神小心。"次晨狄公等一行，连脚夫杂役在内十多个人，马荣乔泰骑马在前，狄公及内眷乘坐轿车居中，洪亮陶干押着行李车在后，离开了蒲阳县城，直向西北出发。走了多日，自是晓行夜宿，渴饮饥餐，越岭爬山，备尝辛苦。这日算是进入了栏坊县城东的官道，前面峰峦叠起，树林荫蔚，时交夏末秋初，蔓草荒烟，一片寒瑟。又加山路崎岖，车马颠簸异常，狄公以下都觉十分疲倦，无不盼望当晚能够赶到县城，且那边官民如有迎接，早到些也免得叨劳人家久等。但事不凑巧，后面一辆车子忽然脱了轮，只好驻足修理，不免耽搁了好大半天方才竣事。这时已红日西落，群鸟归林，山野光影，越显得荒凉可畏了。

马荣一马当先，抬着头往远处张望，那里有甚么县城影子，只又见一峰前横。他回转马头，责备脚夫们说道："你们不是说就快到了吗？这般晚了，还要再爬那个山是怎的？"车夫忙答道："爷们别着急，爬过这个山，就可以看见县城了。"马荣听他这般讲，也无可奈何，于是对乔泰说道："一路之上，人烟稀少，若照这样走法，要到半夜方可到达，这是多么担心的一件事呢!”说话之间已经爬过山峰，缓缓地向山后的羊肠小道走去。前面却是一个大峡谷，松柏参天，阴阴森森，越加黑暗起来。

狄公这时正想吩咐从人预备火把，陡然听见一声呼哨过后，从左面林中忽然窜出十来个人，个个黑布包头，手执钢刀木棍，前后包围上来。口中乱嚷着:“过路留钱，无钱留命!”马荣早一眼瞥见，知道不妙，正想抽刀抹马，照顾车辆眷属，忽见草丛中跑过一人，执棍自下打来，来势甚猛。马荣不及还手，急中生巧，俯身趁势滚下马来，伏地朝着贼人，用了一个扫堂腿（注：原为“踵”）。贼人一棍落空，不提防脚下受敌，扑通一声倒地。马荣那敢怠慢，起身跟进，向倒地贼人心窝一脚，不顾他的死活便舍了，赶紧往后飞跑，一面喊道:“乔爷下马拿贼!”这时乔泰也正与一贼交手，只见未及一合，贼人已吃了一刀倒地，马荣又连戳倒了两个贼人。

再表狄公这边，所有车夫见贼人拦路，照例先跑，纷纷逃入树林里面。只见两个贼人奔到狄公这边，首先一棍把六十多岁的洪管家打晕了，然后向狄公进攻。狄公见形势危急，顺手把车上所带的一根长矛拿在手中，预备杀贼。说时迟，那时快，贼人临近，看见狄公手中持着兵刃，立刻便将矛头的一端握着，欲借势把狄公拉下。狄公用力把矛往前一拄，这叫做借劲使劲，贼人出其不意，两劲合一，随即倒下，矛已放手，狄公得势回矛，又急刺另一个贼人。这时倒地贼人爬起抽刀，也照狄公杀来。狄公虽幼习弓马，因连日疲劳，焉能持久与两贼交手，可巧乔泰此时自后赶到，一个被他一刀结果了性命，一个被他一脚踢倒在尘埃。

狄公脱险，忙命乔泰把活的拿下，然后齐到行李车这边。只见两个贼人，一个倒在地下，两手握紧自己脖项；另外一个手持木棍，望车下搜寻。乔泰欲留活口，用刀平拍贼头，就听哎哟一声，晕倒在地。这时车下钻出一人，手里拿着一根绳子，紧握不放。狄公一看，原来是陶干。他笑着说道："贼人来时，我吃了一棍，随势倒地装死。他们忙抢行李，我慌忙找不到兵刃，却抓了一根牛皮绳子，打了活结，学那圈马套狗的法子，从后面套着一个，用力一拉，他就倒在地下，我却藏在车底。另外那一个贼正在纳罕，没有想到老爷们已到。"狄公笑了笑，称他足智多谋。陶干又从袖中掏出绳子，把两贼通通捆起。

再说马荣见乔泰保护狄公，他便四下寻找贼人，免遭暗算。前后收拾了两个后，又见一贼，身材不高，黑巾围头，手持匕首，就向马荣猛扎。马荣不及还刀，只用左掌向那贼右腕下面一挡，反腕握着他的小肘，用力一推，忽见贼人已仰面摔在地上。就听哎哟一声，声调细脆，却是一个女人嗓音。马荣吃了一惊，刀已撤回，俯身细看，见他头巾已落，长发蓬松，谁说不是一个女人呢！马荣喝她起来，见她手中匕首早已丢掉。马荣不肯动手去绑，只得提刀威赫着她，跟着他到狄公那边去了。

马荣禀狄公道："这是一群草寇，乱砍乱抢，全不是绿林手法。万想不到，里边竟会掺杂一个女的出来。”狄公细看女贼，却是一个面貌秀丽的妙龄女子，大家无不称奇，只好也绑上双臂，放在行李车上。这时车夫等也都陆续回来，眷属方面，只少受了一点虚惊，还都平安。狄公于是命人点起火把，查看一切，幸无损伤。洪亮虽吃了一棍，也不甚重，已自行爬起。再查贼人们，加上一个女的，一共是七人被捉，三个死亡，于是大家坐在地下稍微喘了喘气。马荣禀道：“前边想离县城不远，仍是赶路要紧。这伙子毛贼，说不定另有同伙，或者是另有干匪来到。此刻苦战了一次，大家已经疲劳不堪，若是再有意外，就怕保不住咱们的安全了。”狄公听罢点头称是，下命继续动身。马荣乔泰找回了坐骑，仍旧在前引路。洪亮陶干照管行李车上被捉的七个贼人，按次而行，出了峡谷，远远地看见巍巍的一座很高的城楼。这时车夫们都高兴的叱喝道：“老爷们紧走几步吧，前面就是栏坊县城了！”要知栏坊县城的情形如何，且听下回分解。

第二回

夜审贼囚惊闻恶霸

初翻旧档预理沉冤

话说狄公等一行，这晚过了护城河上的浮桥来到栏坊北关，乔泰一马当先向城门前进。他抬头一看，好一座坚固高耸的城楼！心中暗想：边城扼要，无怪建造得比内地牢固多了。走到跟前，只见双门紧掩，阒无人声，灯火更不消说了，忙用刀靶敲了几下。停了半晌，始听城楼上有人喝道："甚么人夤夜叫城?"乔泰听言，有些不自在起来，越发用力的敲了几下，一边大声答道："新任县太爷接事来了。"上面又问："那个县官?"乔泰嚷道："栏坊新任县官狄公的便是，你们还不晓得吗?快快开城!"这时马荣亦赶到，又捣了一阵，方听见启锁的声音。跟着两扇城门缓缓地开了一个缝子，马荣性急，也不顾答话，便驰马直冲进去了。里边两个守城卒子，几乎被他撞倒。马荣喝道："狗娘的，还不快开门等些甚么!"那两个守门老卒是褴褛不堪精神不振的，见马荣带着兵刃，骑着战马，怒气汹汹，那敢怠慢，便赶忙大开城门。

这时狄公一行也到门前，陆续走进城内，见那道旁店铺都已歇业闭门，街上星星灯火之下，三三五五的行人正觑着大家一声不响，似乎不甚注意新官上任，更看不出有甚么接迎的样子。乔马二人遇到这般光景，不禁暗自称奇。待走到一个十字路口，偏北居中地点，矗立着一座大影壁，知道这后面必是县衙了。于是二人绕过影壁，果然找到县署大门，但依然是双门紧闭，死气沉沉，只有斗大字的栏坊县额横在上面，借着星光远火，依稀不爽，乃一齐下马，仍由马荣前去叫门，又敲了一阵，才见闪闪灯光，自门缝露了出来。就听“呀”的一声，大门启处，一个衣服褴褛、满面髭须的人，举起灯笼，朝马荣脸上晃了一下，向他喝道：“你是甚么人，竟在夜间大声敲门，不知道这是县衙吗？”马荣一听这厮出言不逊，又加上进城时余怒犹存，也不答话，一手捏住这人的脖项，在门框上恨恨的碰了几下。这厮焉能经得着这一手，连声告饶，马荣方才松手说道：“老爷们是就任来的。县太爷狄公马上到此，你这厮赶快告诉衙役们，前来伺候。”这人听了，方把门拉开，让狄公一行进去。

狄公一看衙中各处，都是关窗闭户，到处荒凉，全不像一座官署所在，心中纳闷，因为外边既不见旧任来接，里头又寂寞如此，此中必有蹊跷，于是先命乔泰把开门的那厮传来问话。那人进来便跪在狄公面前，口称：“参见太爷。”狄公问道：“你是何人？在衙里做甚事？前任县官现在何处？那些书吏差役怎么也不见一个，难道偌大的一个县衙，就你一人在此吗？快讲，快讲！”那人回道：“小人在此充当一名看监头目。前任县令今早出南门去了，去向不明。其余的人，听说新任太爷即到，通通在半月前走的走，请假的请假，只剩下小的一个在这里看门。”狄公又问：“县太爷的官印呢?”答道：“现在书房，并未带走。”狄公闻言大怒，想这伙人玩愒国法，擅弃官守，甚是可恶，又见这人像貌不正，必非善类，衙中的各种情形，未必不与这厮有关，岂可任其轻脱！即令乔泰先将这人押起来候讯。那人还想分辩，已被乔泰喝住，提了起来，随又找到监房，打开铁门，把他推了进去，里边却是空无一犯，又复锁好之后，仍回到前边。

但见狄公又命陶干马上到外面查看一番，地方上有无别情，火速回报。一面吩咐乔泰掌灯，狄公要亲自到衙内各处走走，再做道理。于是乔泰在前，狄公在后，走到大堂前面。虽则院落宽敞，但到处堆积木砖石，破桌废椅，像久未打扫的样子。及至来到大堂阶前，由乔泰将门推开，里边空空洞洞，仅有一张破椅，一张公案，铺着一块破旧的红布，尘埃厚积。再进入左厢一间小厦，乍一掀帘，尘土纷纷落下。另有一小门，推开入内，里边沿墙插架，满装着陈旧的档案，年深日久，也都霉气冲天，似乎这个所在，多年无人涉足了。狄公看罢，叹了一声，退身出来，回到前边。

这时大家正忙着卸行李，搬运杂物，洪亮自外走进来，启禀狄公道：“小的看后面内宅，与这里不同，倒还清洁，只要稍微打扫，便可住人，夫人们均已迁入，请老爷放心。只是伤犯及死人如何处理，请示发落。”狄公道：“伤的归监，死的暂放差房。除车夫打发外，随来的人，暂时均行搬入内宅，分住厢房，明早派人加紧收拾，再做定夺。你们连日疲劳又遇匪劫，赶快升火造饭，吃过之后，各去好好休息一夜，再做计较。”于是大家各自漱洗的漱洗，做饭的做饭不提。

只是狄公兀自坐在内堂，擦擦脸，饮了口水，并未起身。洪亮自去照顾内宅，独马荣乔泰二人，见老爷皱眉沉思，也都不敢远离。正在这时，陶干自外边进来，狄公不等他回话，忙问："这县里到底出了甚么事故?" 陶干回道："小的悄悄地在县衙左右查看一遭，又在大街小巷蹓跶一遍，既无卡外胡人的踪迹，也没有当地歹人作乱，家家都是安静如常，看不出有甚么动静。到底如何还请老爷明察!" 狄公听罢，沉吟了一会，便令陶干派人看守监房，女犯另押，不可断了他们的饮食，伤轻的给他裹扎便了，并传话给洪亮，把狄公和乔泰马荣陶干四人酒饭开在大堂。陶干吩咐下去之后，不多时酒饭已到，三人陪着狄公，先饮了几杯，胡乱的吃了些菜饭，倒是顿解疲乏。狄公乃向三人说道："今晚之事，据本县推测，决非胡人要来侵边，也决非当地的歹人作乱！但前任留印径去，差官们托故离职，事无交代，类似潜逃，事出非常，必有来由，不即刻察明，旦夕不能安顿，来日何以呈报朝廷，又何以为官下去呢！至于那帮贼人，据你们说不是江洋大盗，也非惯作劫径，但在密迩县境，竟敢冒冒失失的大胆为非，这里边必有牵连。现在除去看监的那人外，只有这帮人可究出一些蛛丝马迹来。没有个水落石出，我怎生安眠得下?" 狄公说到此处，叫了乔泰道：

“你马上到监房，问他们为首的是那一个，先提来问话再讲。”

乔泰去后，少时回来，就见拉着锁链带来一人，朝上跪下。狄公一看，似是夺他长矛的那个人，身体虽然魁梧，却不像绿林之辈，一派生意人的样子。狄公看后，便问他：“叫甚么名字？那里人氏？有无家小在此？为甚不怕王法，竟敢抢劫朝廷命吏？据实招来。”那人供道：“小人冯大，今年四十六岁，在本县居住，已经好几代了，承继父业以打铁为生，也有卅多年了。家中有一妻一儿，两个女儿，一家五口，粗衣粗食，安顿过活，一不为非作歹，二不胡乱交友。只因此地出了一个姓钱的，有钱有势，上交官府，下串匪徒。忽然有一天他瞧上我的儿子年青力壮，硬掳了去，做了他的奴才，从此我就没再见过他。再一天他又瞧上了我的女儿白兰，派来一个人，硬要以十两纹银买去做妾，小的至死不允。那知三天后，我女儿出门，竟一去不回。小的失掉儿女，一时情急，持刀找他拼命，没想到他手下人多，倒把我打了个半死，抛在荒郊。他以为我死了，又派人把我的铺子放火烧了，老婆一气而亡，仅仅剩下小女儿玄兰！家破人亡，无以为生，只得跑进山中入伙，落草为盗，再遇机报仇。这次是我头一遭向同伙奋勇，出来劫人，不想便被老爷捉来。”他还要继续说下去，却被狄公喝道：“住口！本县问你，那个姓钱的敢霸占你的儿女，目无王法，他是做甚么的？住在那里？据实招来。”

这时冯大朝上叩了一个头，继续说道：“提起此人，在这栏坊县无人不知。他住在西城一座大宅子，八年以来，所有地面上的一切，都由他把持。他在外有全县一半的田地，在城里有少一半的房产和铺子，手下走狗靠帮的成群结党，胡作非为。上峰以为他有财有势，就是胡人也畏他一分，反而认为他是边外的一个豪杰，倘没有他在这里坐镇，保不住胡人滋事！”

狄公问道：“难道历任县官，对于这种目无法纪的事，就置之不理吗？”冯大说道：“是的，到这里来做县太爷的，都装聋作哑，把一切事情，拱手让给钱某！如此他可以平平安安的做下官去，每月还可以得到钱某的财物，钱某倒也十分豪气；不如此，休想在这栏坊县城居住下去。”狄公又问道：“你休要胡言！照你所说，难道八年中，几任县尹到此，都是贪财怕势，就没有一个敢管他的人了吗？”冯大苦笑了一声，答道：“这也是我们栏坊县人的不幸！六年前倒有一位县太爷不理会他，到任后就认真做事，可是到任半个多月，就被人刺杀身死，尸首还被扔在河边上。”狄公听到此处，往前欠欠身问道：“你休要乱讲，想把一切推在钱某身上，说是他逼你为寇，以减轻死罪！本县且问你，那被杀的县尹是不是姓潘呢？”冯大在下答道：“正是。”狄公笑道：“由此知道你所言不实。潘县尹之死，因勘乱中伏，临危殉难，他的灵柩奉旨进京，并追赐府尹。本县那时正在朝为官，深知此事。你说钱某所害，一派胡言，赶快据实招来，不然本县就要用刑了。”冯大赶紧回道：“小人无半句谎言，那潘太爷的尸身，小人曾亲眼见过，太爷所说中伏殉难，都是钱某一手造作，以蒙哄朝廷！边远难查，况且他早已上下买通，太爷岂知底细？小人如今为匪，既已被捉，罪该万死，并不敢胡赖好人，希图免罪。就是太爷不肯杀我，请问太爷，那姓钱的还肯饶我吗？敢求太爷明断!”说到此处，又爬下叩了一个头。

狄公心中顿悟，于是向马荣递了一个眼色，说道:“先将此犯带下去，随后再问。”马荣回来后，愤愤地向狄公禀道:“光天化日之下，竟让这般狂徒横行！请老爷下令，卑职即刻把钱某捉来除害。”狄公笑了笑道:“马荣，你又这样鲁莽！你可知道圣贤说过，‘多行不义必自毙’，本县自有办法，不得轻躁。你们都累了，后边休息去吧，我在此要少停片刻再睡，明日还有事派你们办理。”他们都争要陪着狄公，狄公不许，于是他们三人退了下来，各自安息不提。

且说狄公等他们去后，在屋中踱了一回，觉得边县政情，荒乱不治，竟至如此！一旦胡人轻犯，关乎国家安危，生民福祸，自己身为县吏，一有参差，何以对朝廷百姓！而且恶霸如此横行，百姓冤抑自多，现在的办法，必以安民除霸为首要。狄公本是个忠臣，想到此处，越发忘了疲倦，又认为事不宜迟，机不可失，一切不赶紧下手，稍一忽略，必误大事，于是决心先略察档案，藉可知道民间疾苦，或可得些头绪出来，遂自己执烛，又走到方才那厢满堆档案的屋中。仔细一查，原来那档案都是八年前卷宗，只得顺手抽出最后一年的，翻开目录来，不过是些张王李赵，多属于田产纠纷、斗殴寻衅的勾当，陡然见到一项，上面写着“倪节度身后争产一案卷宗”。狄公才触眼帘，便忆起节度倪公是个显宦。倪公当年受朝廷宠遇甚隆，为官有声，十五年前，狄公在朝为吏，耳名已久。后来倪公忽然致仕，王命屡征不起，狄公原甚惊异，今既看见这本卷宗，不由得注意起来，急忙翻开，贪看下去。方知倪公告老后，息游园林，晚年丧偶，续娶梅氏，年方十八，生子后，倪公便行去世。长子倪继，为前妻所出，次子倪善，为梅氏所出。临死倪公将产业悉归长子倪继，并嘱奉养继母幼弟，而只将自绘山水一轴，遗与次子倪善，余无一物。倪公去世后不久，不料倪继却不容梅氏母子居住，并扬言遗嘱认梅氏不贞，生子倪善亦非真正倪家骨肉，乃将梅氏母子逐出。因此，梅氏乃状告至县衙，争分遗产，尚无结果。

狄公看毕，料到梅氏母子不容易打胜这场官司，只奇怪倪公那样精明强干，且为官多年，既想弃她母子，又为何独遗一画？此中必有用意了，不然何必多此一举！狄公一面默默思忖，一面顺手又把那本卷宗安放原处，并把卷面折了一个角，预备有暇抽出再看。如此又翻阅了几本，依旧找不出与钱某有关的案子。狄公一边看卷，一边寻思如何发落这伙贼人，又如何收拾恶霸，又如何照顾倪家母子，一时头绪纷纭，无从入手，有些烦躁起来，不由得自己长叹一声。这时候天交四鼓，蜡烛已残，一阵秋风吹来，顿感有些支持不住了，于是这位公忠报国、爱民如子的贤宰，才移步内宅安寝。要知后事如何，且听下回分解。

第三回

狄县尊微服查民隐

丁公子曲巷诉衷情

话说狄公昨夜更深方行就寝，那时老管家洪亮，已一觉醒来。迟不多时，东方发白，晨鸡唱晓，洪亮忙着把同来的人低声叫起，漱洗完毕，命他们齐至大堂前面，听候吩咐。少时大家到来，洪亮说道："我们如今一齐动手，先收拾大堂，预（注：原为"顶"）备老爷起来后，处理公事，并把那残破的修理，朽旧的刷新，一切要本日报竣，不得偷懒。"说着分头动起手来。这时乔泰马荣陶干三人亦到，连同管家查看一番武库兵房，监门走道，点验归宗，忙个不了。

这时红日高升，方见狄公自内宅走出，洪亮上前迎接，随着到了大厅，进入内室落座。狄公一见收拾整洁，文具齐备，自是欢喜，少时乔泰马荣陶干也跑进来请安。马荣问道："库存杂物，均已点过，旗仗兵刃不少，只是蚀锈过重，已找工匠动手修理擦新了。监房走道也均牢固，不知老爷还有什么吩咐?"狄公点了点头，连声说"好好"，然后向洪亮等四人说道："本县此刻拟带马荣便服出衙，亲自到地面查看查看，衙中留洪亮乔泰二人看守，陶干仍要出去另路采访那钱某的一切。因为冯大所供足证此地怪诞的情形，而且果如他所说，应当先下手为强的了。并仔细打听此处，有无曾做大官姓倪的这一家。此外无事的不准外出，我们午刻回衙，再听差遣。”大家听了，齐声唱喏。陶干领命自去勾当，暂且不表。

且说狄公马荣立刻更衣，一前一后悄悄走出衙外，先在衙前衙后绕了一周，于是由东往南，沿着城垣回到大路上，再往南行。但见陌径曲折，沿路垂柳两行，迎风飘荡。顺着柳巷看有一座古塔，矗立云霄，塔后露着一座角楼，后面又遥衬着一座高峰，但已被几缕白云绕缠着，看不清了。马荣看罢，不由得说了一声：“好个清爽所在，只是柳叶黄了些。”狄公正在沉吟，听马荣一喊，也点头称好，便回头对马荣说道：“这当然是本地的一个名胜了。我们且沿途走去，必然还有佳境呢！”二位说话之间，到了柳巷尽头，在塔的左旁现出大塘，塘中间一个小岛，板桥迤逦相通。孤塔那边一座小庙，颓垣之下，却有几簇野菊，迎秋盛开，黄白相间，红紫相衬，使游者居然提神不少。狄公看罢，说道：“这样雅致的地方，稍加收拾，也是官民绝好游息之所，若任这般荒弃，岂不可惜！”二位说着，就坐在一片石阶上，也未见有别的游人走来。赏叹了半日，转身再视城里，一座鼓楼，高与城齐，下面四通八达，老百姓往来如蚁，极其热闹。狄公道：“我们就去鼓楼看看后，也好回衙了。”于是下了城楼，穿过荷塘，直向鼓楼而来。一路之上做买卖的络绎纷纭，形形色色，无一不有，而且掺杂着不少胡人商贩，还有一两个印度游僧。

两人在鼓楼走了些时，刚要转身回衙，就见路旁一群人围着一个衣冠整齐的少年，吵个不休，狄公带着马荣赶紧挤上前去。原来那个少年与一个卖鱼的店伙，因为多算了钱的关系，少年据理争论，卖鱼的反横了起来。少年看见争持不过，赌气抓了一大把钱抛在鱼筐里，抹身就走，口中忿忿说道："此地真是没有王法所在！光天化日之下，这般欺负人，还了得吗！"这时人群中突然跑出一个横眉立目的无赖壮汉，举手照少年头上一拳，口里喝道："这是钱爷的买卖，难道你不晓得吗？甚么王法咧，欺负咧，你少说这些废话！"说着又跟上一拳。

这时狄公身旁的马荣，着实难忍，正要上去打个抱不平，却被狄公暗中一把拉着。只见那少年被打之后，看了那壮汉一眼，一言不发，抚着头，径自走去。狄公心中才暗暗明白，知道姓冯的所供，实有来由。凑巧本日目睹这种情形，这机会那肯放过？他赶紧向马荣使了个眼色，两人跟着那少年后边走来。等他走进一条小巷之后，行人稀少，马荣连忙几步跑到前面，一手相拦说道："恕罪恕罪，请问大官人一声，你刚才被那卖鱼的欺负，又被那无赖妄打了一顿，既不还手，又不到当官去理论，却是何故？"那少年见问，不觉吃了一惊，上下打量了狄公马荣一眼：一个是气宇堂堂，风神洒洒，一个是轩昂魁梧，英俊不凡；心中暗想，这是两个外来人氏，怎会问起我这话来，莫不是姓钱的同党，于是冷笑了一声道："挨打是自家情愿，更不愿告状，与二位无关，何劳相问！"一边说着，匆匆便走。狄公心中颇悟，看了马荣一眼，马荣赶紧说道："请你不要狐疑，这位是本县县太爷狄公名仁杰，在下是本县都头马荣，我们与姓钱的无关，有话便说，自会与你作主。"少年听罢，脸上变色，乍惊乍喜，连忙行礼不迭，恭恭敬敬的向狄公说道："小生姓丁，家父护国将军，早年在京为官。小生考取贡生，今晨听人传说新县令昨晚到此，尚未料到竟是尊公驾到！我公大名，遐迩皆知，如今小县何幸，总算有了一位贤令尹了。"说完打了一躬。

狄公听罢，便点头道："公子将门之后，令尊当年克敌边陲，立有大功，后不知为何辞官不做，来此隐居，本县多年久仰了。那么县中情形，公子一定熟悉，能否见告？"丁生见问，略一寻思，便向狄公马荣说道："路上不是谈话之所，那边茶馆尚称洁雅，敢请屈尊一谈。"狄公一听，正合心意，于是三人走进巷子里一家茶馆，拣了一个僻静座位坐下。堂倌泡上茶来，丁生坐下手，让过茶后，便道："舍间住在此地多年，一般情形知道不少，县尊刚刚到任，有关本地情形，小生应当尽情奉告。"说到此处，声音转低了些，继续又说道："这里有个著名土豪，此人姓钱名谟，垄断公私，鱼肉乡里。流氓无赖充他的爪牙，受他豢养的不下百余人，经常不断滋事扰民，到处畏之如虎。今晨小生所遭，算是最轻最小的事情。而且他交通上下，朝廷以边远隔阂，还认为他可坐镇边境，远拒夷狄！因此，他也有恃而无恐了。"

狄公问道："这些年来，到底有没有狄人侵边的事呢？"丁生答道："这些年来，从没有听见过有扰边的事。"狄公又问："公子可曾会过这人？是否到他家去过？"丁生道："他的家有如铜墙铁壁一般，别说进去，连敢在他的宅子附近涉足的都没有，更不必问要见到他的面了。"狄公道："那么他这个人，如何能养成偌大势力呢？"丁生答道："他父亲原是一个为人忠厚的大茶商，他承继父业多年，因为本县早年是中外万商云集的孔道。后来河道变迁，地面衰落，钱某便纠合无赖游民，横行霸道起来。再加为人强悍聪明，不受拘管，不务正道，日积月累，遂越来越凶了。也因为有钱便有势，有势便驾弄哄捧的人更多，弄的他邪正不分，是非不明，一切都惟我独尊了。他又乐得远离朝廷，蔑视王法，简直是本县的土皇帝咧。"狄公叹息一声道："也是本县老百姓的不幸遭遇了。"

丁生这时又给二人斟了一回茶，狄公细一端详，见他面貌不舒，别有心事，欲言又止的样子。狄公老于世故，一见便知，更要借机畅谈，可以多知些民间疾苦。于是先问道："尊翁退休家居，近况还好罢？"没料到这句话正中丁生的下怀，他跟着答道："提及家父实在是舍间最忧心的一件事了。因为最近总有人想谋害他。"狄公忙道："公子何出此言？既知有谋害令尊的事，为何不赶快想法对付呢？"丁生摇头道："这又谈何容易！因为家父当年在朝为官，被部下副将姓吴的所告，家父被迫挂冠而归，想县尊或知此事！"狄公道："有所闻，尊翁现在是否即住此地？"丁生道："是的。先母是本地人，故舍间在此落户。不料一月前，发现有些面生的人，时常在舍间前后窥探，于是我们也派人暗中跟随，才知道他们多是由一家长春酒店而来。后来又碰到吴副将的儿子，在该店居住，仇人到此，更加可虑了。”狄公道：“但令尊已丢掉官职，他若再加谋害，岂非自找麻烦，何苦结冤呢？”丁生道：“固是如此，但因为家父后来积冤昭雪，吴某受惩丢官，又恐朝廷再度澈查，则将来他的性命也难保，故命他儿子来此，设法谋杀，借以灭口，免掉后患。老父台还不知道，那吴峰原来是一个酗酒嗜杀的暴徒，他到此后，收买爪牙，势必遇机下手。”

狄公道：“果然如此，公子应多加防范，随时留心为要。可是吴峰是不是与那钱谟有干系？”丁生答道：“吴峰似不曾向钱谟拉拢，至于防范一层，可说已很周密。家父独居一间书房中，四围砖墙很厚，窗口很小，仅开一门，启闭紧严，出入上锁，钥匙也由他自己带着。迩来他正作《征边纪略》一书，从没有出过家门。”狄公遂令马荣把丁府住址记下，便又说道：“府上以后遇到甚么情形，请随时奉告。本县初到此地，棘手事多，一俟处分钱某事项完了后，再来商量府上的事便了。”说完站起，互相告别。丁生又深深的打了一躬，恭恭敬敬送了几步，径自回家而去。马荣方说道：“老爷认为丁府的事，是不是他庸人自扰呢？”狄公摇摇头答道：“事太离奇，总愿他们平安过去，不发生事端就好了。”二人一路行来，已到了县署。狄公如何发落后事，且听下回分解。

第四回

夙夜为公心悬三案

恫瘝在抱义释群贼

话说马荣听狄公说丁府的事，甚是离奇，心中有点纳闷，也不好再追问下去，便随着狄公走进衙内。一眼望去，这破旧县署，已稍见整齐。二位刚刚走到门口，只见洪亮乔泰迎上前来，狄公进入内堂，让大家坐下相谈，乃问洪亮乔泰道:“这半天衙门有甚么事故没有?”洪亮欠身答道:“老爷交下的事，均行遵办；所有随来人的住所，也都安顿好了。还有老爷动身时，派来此地送信的差役，今早也已回衙报到。他是头一天进到城里，看见县署关闭，旧任县尹拒见；又听说此地情形不佳，怕遭暗算，藏在店中，不敢出头。后来打听老爷到任，方敢回衙覆命。”狄公怒道:“这个糊涂虫，为甚么不即刻顺原路回去，半路接应我们，也可早一点知道城里的消息了。办事不力，给我拉下去，重责十板!”洪亮赶紧替他苦苦求情，也就罢了。

这时陶干也自外边回来，狄公正盼望他来，一边命他坐下，一边先向大家把早晨出去遇见丁公子的经过，略略说了一遍，才问陶干道：“你打听的情形怎样了？”只见陶干皱着眉头，欠身禀道：“老爷，我们县里情形真是离奇险恶，看起来一切均难顺手。那姓钱的，在此地年深日久，地方上的财源田产，都在他一人掌握里；对于城内丁倪两家大户，还有点顾虑，未敢轻易招惹。那丁倪两家，怕惹牵连，乐得安生，也不敢过问姓钱的一切。老爷方才所说，碰到的丁公子，一定就是丁家的少爷了。论起姓钱的为人，确甚乖巧利害，然而手头豪爽，本地的生意虽由他垄断，但对于小本经营方面却很放松，并且他还是这类小买卖的好主顾。地方上的治安，他也设法维持，遇到争吵恶斗都由他派人出头处理，老百姓在他欺压之下，虽喘不过气来，却落个得过且过。又以过去的县官无能，有他在这里坐镇，尚称安稳，足见当老百姓的，能忍便忍了，这也是养成他无法无天的一个原由。现在他手下养着百十来个打手，多半是地痞流氓和些散兵游勇。这伙子亡命之徒，拿他做靠山，有了饭吃，于是整天无事，少不得强买强卖，要吃要喝；再加上狂嫖乱赌，作恶多端，姓钱的自己也有些胆虚，处处严防。他的一座宅子在西城，高墙厚壁，铁户铜窗，十分坚固，昼夜都有打手把门，巡逻护院，别说人不能进去，就是鸟儿也休想飞入。”

狄公听到此处，微捋着胡须，沉思半晌，又问陶干道：“我命你去打听那倪家的情形怎样了？”陶干接着道：“倪家的大官人，名字叫继，算是本县最大的一户，无人不知。但这倪继，杜门隐居，很少交游。他的先人倪守谦做过节度使，已去世多年，很有些遗闻轶事，流传人口。这个老人生性古怪，在本县东门外半山坡上的一片丛林里，原有他的一所别墅，传说有二百多年了。倪守谦在那别墅后面，另盖了一座迷宫，高高下下占地有四五亩，围墙全是山石筑起来的，又高又厚。里边的情形不大清楚，仅听说他养着许多毒蛇在内，除了这老人外，谁也不敢踏进一步。他终日住在里面，到底做些甚么外人无从知晓，听起来实在令人奇怪得不得了。”狄公听到这里，也连说到奇怪奇怪，又问道：“他的儿子倪继，是不是常到那别墅去呢？”陶干摇摇头说：“自倪守谦死后，别墅中总是空闲着，只留一个下人带着老婆住在那里看房。据说时常闹鬼，就是白天，一般人也把那个地方视为畏途。倪家的旧宅，原在东门里面，倪守谦去世后，伊子倪继便把房屋卖掉，自己另造了一所大房，在西城偏南。小人因天快交午，赶着回来报告，来不及自己去看；据说也是高墙大厦，很讲究的一所房子呢。”

狄公听陶干说完，也皱了皱眉头，背着手在屋中走来走去。大家跟着站在旁边，知道他心内着急盘算，没有人敢去插嘴。忽见狄公停住脚步，对大家道：“关于钱某如此霸道，不除掉他，无法安全，除掉的办法却必须用武。但本县只有你们三四个人，如何敌得过他？他怎会把我们放在眼里？若调大兵，惊天动地，费马劳人又得耽延时日。况身为一县之长，连个小小恶霸对付不了，多么可耻！故本县不愿拿刀动杖，还是要想出一个办法，以迅速收拾了这厮为上。再那丁倪两家的事，都过于离奇古怪，里边隐情必多，实在令人焦心。他们又是本县最大的两户，除掉钱某之后，能再把这两案弄个水落石出，那么全县自可妥当一大半了。这样说来，一切都不容懈怠下去，如今待我仔细盘算盘算后，再行调度。你们几位先下去休息一会儿，吃过午饭后，再打算好了。”

于是大家一齐退出，马荣一手拉着洪亮道：“小弟那里有酒，请过来一齐喝几杯好吧。”陶干一听有酒笑眯眯说：“都头老爷请客，自当叨扰。”乔泰与马荣住在一个屋内，洪亮也不甚推辞，连日疲劳，正好一饮谈心，大家来到马荣屋中落坐；少时酒饭摆上，吃喝起来。马荣让了一回酒，先开口道：“如今我实在纳闷，不知道老爷是甚么打算。他老对于丁倪两家，又何必那样关心？小弟以为要紧的是，先把姓钱的拿住，再打发别的事。姓钱的这小子，又不是三头六臂，鬼怪妖魔，老爷如肯派小弟和乔爷干脆前去拜访，请他前来，或是夜间越墙而入，杀他个落花流水，生把姓钱的活捉来算了。他虽有百十来个打手，多是无名小辈，饭袋酒囊，怕他做甚？”陶干听了，马上说道：“马爷你是全身武艺，十个八个近不了你的身旁，可是也别轻看小弟，小弟鸡鸣狗盗，越屋蹿房，暗下里的软功夫，却也不弱，可以陪兄等走一遭吗？虽然小弟打人的把式不高，帮你们二位绑人那还不会吗？那日手无寸铁，皮绳套贼也算小弟露了一手，是不是？”大家听完，都朝着他笑起来。

乔泰拦道：“你们二位言之有理，但据愚兄看来，老爷未必答应。就是答应，肯派咱们哥三个前去，但那里人多，咱们人少，保不定里边也有一两个高人，那时栽了筋斗不要紧，岂不误事！这是一。那厮素日防范严密，铁网蒺藜一类的东西少不了，咱们虽能蹿高越入，动起手后要出来就不容易了，这是二。他们决少不了袖箭强弩，暗下埋伏，我们只仗着一把刀，焉能抵挡？这是三。还有一件要紧的，就是他耳目灵通，遍地爪牙，我们找他之后，老爷这里归谁保护呢？依愚兄之见，最好对于姓钱的，先极力敷衍，按往日情形，他不会多疑；然后暗调府兵，至多半个月工夫到齐，那时包围钱宅，给他个冷不防，斩草除根，岂不妥当吗？不过咱们所想到的，老爷也一定想得到的，也许另有神机妙算；不过我以为最好一面暗调兵，一面虚与委蛇，最多半个多月就可以了结了。"

陶干道："诸兄讲来，都有道理。不过小弟跟随老爷也有六七年了，他老处世，一切自有主张，他的奥妙处，实在令人莫测。就以目前的事体而论，最要紧的是钱某这件事，但他老反视若等闲，而念念不忘的，却是那多年无人过问的老案子。洪大哥跟随他老多年，相知比我们都深，其中的用意如何，而刚才马爷乔爷的意见是不是可以大家向老爷一提，请老大哥商量商量，指示一条办法怎样？"马荣乔泰听陶干如此说，齐声称好，就见洪亮慢慢的呷了一口酒才说道："诸位老弟所讲，无一不好，我却没有甚么高明见解。但是现在我有一件事相告，就是我自幼长在狄家，对于他老知道的自是较真较切。他老是一个好学深思、精明有为的人，我伺候他几十年来，却学了一点乖巧，那就是遇着事时，不求要如何如何的明了；他叫我做事时，我就完完全全依着他，所谓扬鞭则走、停鞭便住的是了。"

大家听了洪亮此言，都笑了起来，于是齐称有理有理，又再劝饮一番，大吃大喝一阵，各自散去不表。

且说饭后狄公少休息一会，便招呼诸人到来，一边更衣，一边吩咐道："少时升堂，你们分别伺候。"大家忽听此言，皆莫名其妙，只好分班去站立案前。早见狄公朝服朝冠，端坐堂上，向左右略略过目，叫声乔泰道："把所有盗犯提来听讯。"乔泰领命去后，不一会就见他把六个强盗和一个女子带到，一齐跪在堂前。只见狄公坐在上面威仪万千，个个心里，都觉胆寒。狄公命陶干先将各犯姓名田里行业年岁等分别记下，然后正颜厉色的对他们说道："你们劫夺官吏，身犯国法，依律当斩，枭首示众！但本县念你们铤而走险，杀人未遂，有意从轻发落，开脱一死，你们想是愿意吧！"这些犯人听了，不敢作声，只见那冯大说道："县太爷恩典，免小的们一死，自是感激；只是现在不死，将来仍是难活！那钱谟残狠凶恶，岂能轻易放过小的们？"

狄公听了，把脸一沉，将惊堂木一拍，喝道："汝辈无知！本县上承天子之命，下为百里之宰，既免你们一死，还能不照顾你们的一生？而且一木当流，终归大海，区区钱某，还能任其久存，碍得了多大的事吗？你们只要信赖朝廷，顺从本县，自有生途，无须害怕。如今既赦你们一死，若任你们在外流荡，以后恐仍不免作歹为非；既都是身强体壮，借机改邪归正，效忠国家，权留本县当差，再观后效，免死得生，也算你们三生之幸。至于你们过去遭受冤抑，将来由洪陶二位都头仔细录供存查，本县自会分别处理。从今日起，全受乔马二位都头节制。那冯大女儿，年纪不大，倒也很聪明有胆，先归内室教养，徐俟安插，你们还有甚么话要说吗?”冯大等在下面俯地静听，既脱一死，又得生机，法外施仁，恩德高厚，于是无不感激落泪，纷纷叩头称谢不止。狄公乃命人把他们松了镣铐，分别安顿。又以冯大年岁较长，耿直可用，就派他充当一名头目好了，狄公于是退堂。

再表冯大下得堂来，重新见过各位都头，对乔泰马荣说道:“小的今后在二位手下当差，不到之处，请都头们随时教导。如今小的却有下情，当面请示，就是我们尚有同伙的卅余人现仍被困山中，那些都是受钱谟所害，受逼无法，其中只有五六个坏人，其余的原都是安分的老百姓。小的想把他们劝降过来，投在太爷麾下，一同当差。一是免掉将来贻害地方，二是小的借此报答太爷的活命之恩。果能禀明太爷，小的诚自愿前往，带领这些人一齐投效，二位都头以为如何?”乔马二位一听尚有三十余人，便称甚好甚好。乔泰道:“就请马都头趁此时带你去禀明老爷，安顿其余的人们好了。”马荣亦应声:“有理有理，我们就去好了。”于是马荣带着新任头目冯大再回身来到内堂谒见狄公，禀明冯大来意。狄公听罢，甚是高兴，便命马荣冯大骑马入山，小心办妥，不可声张，说好之后，分批入城，万不可惹人注目。

二人领命退下，因事不宜迟，当日二人进山说劝了一番，除五六个声明散伙，各奔他乡外，所余廿几个人无不心悦诚服，马上三三五五，暗下由冯大带进衙内。狄公见衙内平添一支生力军，即命马荣乔泰分别教练，一刻不停。当晚，狄公便把他们招集一起，于是发号施令，布置一番，严肃紧密，暗下安排，不许有一丝灯火外露。接着吩咐陶干如此这般，陶干领命出去，手提小小灯笼，蹑手蹑足来到后面监房，把那名牢头带出，去了他的手铐脚镣，告诉他道："县太爷用你不着，看监的事，自会派人，也不难为你，放你马上离开，县太爷就要夜审恶霸钱谟了。"说着走至大门，陶干启锁开门，就向那牢子背后一推，说声："滚你的蛋吧，不要再跑到这里来了！"那牢头被他一推，几乎栽倒，出了大门，回头望着陶干恶狠狠的说道："当心好了，我早晚就会回来的，等着吧！"说完匆匆而去。陶干却一声不响，回身关门，自去覆命。要知后事如何，且看下回分解。

伙劫公堂强徒中计

第五回

伙劫公堂强徒中计

独擒恶霸贤宰除凶

话说这日午夜以后，栏坊县大门外，忽然人声杂沓起来，二十多个强徒，手里拿着刀枪棍棒，劫夺县署来了。为首的在那里张牙舞爪，发号施令，大家齐向大门攻击。只听见克卜一声，大门已被撞开，众强徒乃一拥而入。进到县署前院，冷静静不见一个人影，贼首四下张望一番，口里说道："狗官那里去了？"于是他领着群贼又冲开了二门。进到二门一看，依然是冷清清，见不到一个人影。众贼不免一愕，正在这时，那大厅的六面隔扇忽同时打开，灯光自内射出，照耀满院，如同白昼一般。众贼出其不意，不免吃惊，只见大厅洞开，中间是全身冠戴的县宰，另外有全身披挂鲜明的两员武将，分侍左右，一人持刀，一人持着弓箭。左右两排刀斧手，也都雄赳赳，威凛凛。就听县宰狄公喝了一声道："大胆匪徒，还不放下兵器，此地焉能任你们放肆！"

那贼头一见衙中有备，前后都是官兵，身陷牢笼，且拼一死，再做计较，于是大声叫道："弟兄们，赶快杀出去！"一言未了，乔泰手中那支箭便飕的飞出，直贯贼头咽喉，大叫一声，扑通栽倒。众贼见为首的阵亡，一齐失措，面面相觑。此时就中有一个贼人，向同伙说道：“弟兄们，既然有了官军，我们现在还打什么？丢了兵器算了。”就见他把手中长枪一丢，一边说道：“我熬了六年才当了一个标头，如今投降再当个小兵算了。”马荣听见喝问道：“谁在这里自称标头？”那贼立刻正立答道：“小人名叫梁彪，原是镇武军左翼标头，愿听你老指挥！”马荣跟着喝道：“你们里边凡是当过兵的走到前边来！”此时众贼都将兵器扔掉，跪地求饶，听候发落。马荣点了一点人数，除了梁彪以外尚有五名，只把其余的贼人都一一反绑起来。狄公此时见大功告成，便命马荣问梁彪此地一共有多少吃过军粮的。梁彪答道：“一共约有四十人左右。”狄公听罢，吩咐马荣道：“本县拟将这四十人收编过来，暂隶县署。”马荣奉命，于是告诉了梁彪，先带五个弟兄回去，明天换上原有军装，亦来县署报到，不究前罪，以图后效。梁彪等领命叩谢而去。狄公命将其余十五名押在监中，交陶干办理。陶干点到最后一个，原来就是被他推出大门的那个牢子。陶干笑着向他说道：“你这杂种说早晚回来，真又在这里见面了。”说着打开牢门，一脚把他踢了进去。此时冯大也带着弟兄们收拾院落，捡起残留棍棒，各自归房。

且说次日清早，狄公带领乔泰马荣等全身披挂，骑着三匹大马，自衙内出来，往南而行。狄公回首一望，见衙门上高竖着一面杏黄旗子，临风招展，上绣“大营”两字。他笑对乔泰马荣道："这是家里一夜赶做出来的。"说着他们由城隍庙一直往西拐去，一口气跑到钱谟的宅子而来。看见大门外站着四个庄丁，手持兵刃，往来巡梭。马荣勒马来到，喝他们赶快开门。这些人一见，知道官军到此，昨夜梁彪回来，已听见他说过一番，又见这三位威风凛凛，不敢存心抗命，只得开了大门。马荣一马当先，狄公乔泰随后，大门之内，是一个广阔的前院，有二三十个庄丁，三三五五低声谈话。他们看见三匹坐骑进入，都吃了一惊，手中持着兵刃的也纷纷掩蔽起来。

狄公等下马后，进入二门，只见梁彪与一伙人见狄公进来，迎上行礼，愿听差遣。马荣将三匹马交给他，并叫他派十个弟兄，跟随在后，这才走入正院，直入大厅。只见一个身材高大的汉子，坐在一张铺着豹皮的椅子上，对面坐着两个年龄较大的人，在那里似乎正商讨甚么勾当。那大汉短短胡须，一脸横肉，狄公料着是钱谟无疑，身上披着白绸褂子，似刚刚起床的光景，廊庑之间，排列着兵器架子。那三人一见狄公进来，真乃天外飞来，吓得呆了。狄公并不理会他们，找到一张椅子坐下，乔泰马荣分侍左右。狄公道："着你们将这恶棍拿下，本县将依法处置。"马荣听言，叫来梁彪问清钱谟正身，便走向前去喝道："钱谟你身犯国法，好好就逮，无须老爷动手了！"钱谟跳起身来大声喊道："汝等竟敢在太岁头上动土，来人把这三个人给我捆起来！"他的话尚未说完，马荣碗大的拳头已到，就见钱谟仰面朝天倒在地下。

这时从后面窜出五六个庄丁打手，为首的手持两把板斧，其势汹汹，打算动手；只听马荣一声大吼猛张飞一般，早把他们喝住。这里钱谟被马荣一拳打得头破血出，坐在地上，一边擦鼻血一边嚷道："还不快动手！恩养你们好多年，就这样忘恩负义、见死不救吗?"那为首的被钱谟一激，举起板斧，朝狄公砍来；狄公神色不变，稳坐那里，马荣早抽刀迎上，磕开双斧，飞起一脚便把这厮踢下台阶，连滚带爬，鼠窜而去，其余的亦没有一个敢上前的了。乔泰马荣知道事不宜迟，叫梁彪他们把所有庄丁打手都将兵器放下，听候收编，一边把钱谟捆起。

那两个较老的人站在那里，吓得呆若木鸡。狄公问："你们两个是甚么人?"年老的一个见问，忙行礼不迭，答道："小人们是钱家师爷，帮他料理内外事务，实乃被迫如此，太爷如有所问，小人们无不尽情禀告。"狄公道："好吧，你们有话，到衙内再讲。"狄公又回过头来对乔泰说道："先把这三犯带回，其余的交给梁头目负责看守，听候处理。"于是狄公上马先行，马荣挟着钱谟横在马上，乔泰锁起两个师爷，牵在马后，一齐上马出了大门。马荣又传令梁彪，把弟兄们分成四队，将钱谟余孽，分拘四个城楼里面，不得有误。

这时狄公将要放马而行，就见有一个带着山羊胡子的老头，跪在狄公马前，禀道："小人是这里管家钱二的便是，参见太爷！有何吩咐?"狄公道："所有宅中男妇老幼人口，粗细家具财物，全由你临时保管，如有遗失走漏、水火浸毁等情，概由你是问，候本县派人接管。"钱二听了，连连叩头答应。狄公这才抖缰而行，马荣在后又吓那管家的道："少有差错，留神你的皮肉受苦！"此时那四个守门的早也放下兵刃，垂手侍立，看着三匹大马，挟着自家主人牵着两个师爷，扬长直奔衙内去了。要知后事如何，且看下回分解。

倪公遗画迷宫全图

第六回

传见耆绅关心民瘼
女呈遗画曲诉冤情

话说狄公三人，押着钱谟等回到衙中，交给冯大，一齐收监，只是钱谟仍未苏醒过来。这时洪亮以下诸人，皆来谒见，狄公一边更衣，一边笑着向诸人说道："这是空城计了！须知不如此，决难成功，就算真有二百名官兵，也不易捉住他的。他手下一群亡命之徒，动起手来，必然拼命抵抗，纵使咱们能够打胜，也少不了死伤。本县早料到，要擒住这厮，必须用威吓，先声夺人自然胆破，便可就擒。原打算假借钦差名义，慑服他们，使不敢轻动，后来知道钱某宅内有许多行伍中人可设法利用，才决定自己出面收拾。"乔泰道："卑职那时以为放梁彪等回去，是太靠不住了，万一露出马脚，被他看破，告知那厮，如何得了？"狄公道："要明白，正要如此，方会成功。想那梁彪等被擒，他们心里知道，不会轻饶的，万想不到居然放他们回去。回去后自会向钱谟说，县中驻有大军；那厮也会猜想，如县中力量不够，焉敢就放六人回去？而且梁彪被捉不久，立刻放归，无暇让他知道县里内情；以他身受目见，告知钱某，任钱某如何狡猾，也要深信县里确实有兵调来。加以他手下，像梁彪那伙人，因为县中不加深罪，又各人有了前程，早就心怀二意，谁还肯给姓钱的卖命呢！所以贼人们先自离心离德，再经意外一击，使他措手不及，这事情那有不水到渠成的理呢！”

洪亮道：“县中杏黄旗现已招展多时，外边都认为府兵一营在此，日子长了，被老百姓看出假来，似乎不好意思了。”狄公道：“你们那里知晓！偌大的一个钱谟，已被捉来，当然不疑县里无兵。虽然弄些玄虚，久而久之，自然会冷淡下去的。”又对马荣乔泰道：“少时就要升堂，先把钱某案子问清再说。现在你们二人再累一趟，骑马巡视四城，有无钱谟余党滋扰。那拘在城楼上的那些人，情形怎样？并把所有投效人员，调查清楚，开具名册，过去有无重大劣迹。查明之后，再由县中呈报上司，分别保举，开复原级。”又对着陶干说道：“你去把四门守城的兵丁都召集来，查问查问；同时通知本县绅士父老、各行头目、乡长地保等等，请到衙内。钱谟既然捉来，本县也好跟地方人士见一见面了。”回头再对洪亮道：“叫冯大带人即去钱宅那里，所有他家老少均行看管，财物珍宝，一概查清封存，不准擅动。冯大亦可趁此机会，把他的儿女找到领回。”最后又告诉大家：“本县还要请上峰调官军百名来县戍守。”言罢，就命众人分头办事去了。于是叫人端茶，略略休息不提。

且说这栏坊县城，各区地保保甲，都是本地人士，但自钱谟把持以来，他们也无所事事，因而例行职务，一概废弛，以致旧任去职，新任视事，概不经心。此时忽见陶干招呼，县太爷找去训话，个个心虚，无不惊惊惶惶，跑进衙内，却被狄公好好教训了一顿，仍命各归原地，照旧当差。打发去后，那些绅士行头，各色人等，因县尹约请，早也到来。狄公在客厅招待，分别让坐献茶，不免先寒暄一番。绅士们首先向狄公称贺："此次亲捉恶棍，为地方除害，百姓从此安生，县尊鸿德伟绩，万民感戴无穷。只是小小县份，如大军久驻，地方供应必多，怕力小财薄，难免有不周到之处，还望县尊体贴原谅。"狄公道："请不必耽心，本县只有钱某手内收服过来的人，不过几十名壮丁，并无大军调来。"他们听到狄公如此说，有的笑道："军务虚实，县太爷自不欲随意出口，不过昨晚有人亲目见到，有二百多名队伍，由大街走过。"又有的道："小的堂兄也看见十辆大车，满装着刀枪被服呢！但是请县尊放心，小的们虽然看见，决不向外宣扬，以免惊动胡人。只有县署房上高高竖着那面杏黄旗帜，若是不摘下去，怕胡人就要侧目而视了。"狄公道："那面旗帜本省朝廷规定竖了起来，以示本县一切权按军务处置的意思，是一种非常的办法。"绅士们一听都站起来，重行一礼表示对县尊的钦佩景仰。狄公再行让坐，于是把驻军事项，隔开不谈，便面托他们代向本地找三个妥当得力人员，帮办文案管卷、狱吏等事务，另找几个年轻的充当缮写。最后又求他们协助，先向地方挪借二千两银子，作临时紧急开销，一俟钱谟结案，财产充公，全部照还，概不拖扰。大家自是乐意答应，说至此处，乃纷纷告辞，狄公也不便多留。最后告诉他们，明天审问钱谟，经过情形，随时宣布，让老百姓藉知真相，说完大家称谢颂扬不已，跟着起身告辞。

狄公送他们走后，回头看见冯大和一个后生站在那里，就见冯大同那后生，朝着狄公跪倒磕头，叩罢起身，指着后生说："这就是小人的儿子，方才由钱家找回来的，谢谢太爷活命之恩。"狄公问道："你的女儿呢？"冯大答道："小的儿子在钱某那里，从未见过小的女儿。小的到他的庄院搜查半日，也没有一点踪迹。及至追问那管家，他告诉小的，钱某在先本想把女儿白兰硬要买去做妾，后来经人劝阻，方算罢了，他一向也没有见过白兰。如此说，小的女儿，怕没有下落了。"狄公劝他道："你女儿失踪，在你认为一定是钱某抢去，但又无证据，像钱某那样势派，难免暗中不另有几个下处，你的女儿也许被他藏在别的地方呢！而且你那女孩子，又是走失的，或许另有原因，也未可知。待本县问过钱谟，看他怎样讲，你先不用过分失望，事在人为，自有别的方法可想，不可着急。本县看你这儿子，年岁体力都好，就留在衙中当差好吗？"冯大一听，自是高兴，父子同时又叩谢不迭。

这时马荣乔泰一同回衙，报告狄公查勘四门经过，称道："梁彪遵照命令，大体办妥，把钱某余孽，分拘城楼里面，每处有十名兵丁看守。旧日差弁，改充杂役。梁彪并查出，他们逃军中有犯重律的，均已扣押起来。至于梁彪这人，过去因与他的直属官长不和，怄气出来，但他为人甚是能干，听见老爷保举他回复军职，喜欢非常。"狄公听了道："那很好，将来再保升一级，充作营官好了，现在先令他带着四十名兵丁守城。本县不久还要亲自察看一回，如果他们有意向上，拟连前招降的人们，统统编为一队，以钱宅充作兵房，全驻扎在那里。今后暂由乔泰统辖，一俟官军请调到达后，再作区处。”狄公说完，就令他们退下，自己乃亲自动笔，备文呈报处理经过，并列举梁彪等四十人名单，除保梁为新编哨官外，并请调官军百名来县驻守。

公文备好，正要加封，就见冯大进来报称：“外面有一个姓倪的中年妇人求见。”狄公一听，心中暗喜，叫冯大即刻引进。狄公看那妇人，约有卅余岁，衣服朴素，面无脂粉，不假修饰，天生秀丽。那妇人进来后，就朝着狄公倒头便拜，一边行礼，一边口称：“县太爷在上，小妇人倪守谦继室倪梅氏叩头。”狄公慌忙让她请起道：“此处不是公堂，请就坐，随便相谈好了。”倪氏落座后，低头忸怩似欲说又止了半天。狄公见她如此，乃先开口问道：“本县久仰倪府君大名，倪公在朝为官，政声素著，称得起遗爱在民了。”倪氏这才低声启齿说道：“先夫在世，略有贤名，乡里之中，亦称正人，承县太爷夸奖，真有些不敢当了。妇人此次冒然进谒，为先夫遗命，敢劳县太爷于舍间纠纷，代为分神，一切都要靠县太爷的明察呢。”

狄公心中一动，有些高兴起来了，略一欠身道：“夫人既承遗命到此，必有见教，即请当面说明，不必拘泥。”倪氏听罢，乃先在衣袖里取出一个椭圆包袱，放在狄公面前书案上，方才说道：“这里边是先夫自绘的一张画，他在临危之际，当着长子倪继，交给小妇人的，并告诉小妇人说：‘这就是留给你们母子的遗产，除此之外，并无别物；其余的家私，全留与长子倪继。’先夫说完此话，就叫倪继端药来吃。当倪继出去后，先夫又告诉小妇人说：‘我死之后，你母子将来遇到困难时，就把这张画呈到县衙门，请求县官替你作主。如果县官对于这张画看不明白，必须携回，等遇到公明细心的县宰时，再照样请求一番，到那时你母子就有办法了。’后来倪继端药进来，先夫已闭目合睛，不再作声，竟告去世了。”倪氏说到此处，已眼泪婆娑，呜咽起来了。

狄公见到这般光景，稍微沉吟一会，待倪氏眼泪少止，才问道：“倪府君临危的一天，是最关紧要的，一言一字不可疏忽，请夫人再回想一番，务必把当时情形仔细见告才好。”倪氏见问，擦着眼泪说道：“那时候长子倪继对于小妇人母子，看不出来有甚么恶意，只是当时他把这张画拿走，对小妇人说，由他暂时收藏，小妇人也不好拦阻。等到丧事过后，他就变了样子了，竟不容分说，把小妇人和那怀抱的孩子赶出府外，还骂小妇人不守妇道，有辱他们的门庭，再不许小妇人母子踏进倪家大门一步。并把这画轴还给小妇人，又讥笑着对小妇人说：‘我很高兴，老爷子把这份遗产给你咧！’县太爷请想，彼时小妇人是寡母孤儿，举目无亲，只好忍气吞声，任他所为，含着眼泪离开了倪家。此次听到满城称颂青天大老爷，到任不久，便替地方上除了一个大害，真是一位明白有为的父母官了，因此相信县太爷一定可以替小妇人作主的。请太爷明镜高悬，可怜小妇人这无依无靠的母子两人吧！就是九泉有知，先夫在地下也要感激县太爷的大德。”说到此处，倪氏忍不着眼泪又哭起来。

狄公听罢，亦为之酸心。乃微捋胡须，略一沉思，却正色对倪氏道：“倪府君原为一位聪明盖世的人，不留财物田产，独留这一张画给夫人母子，必深有用意无疑。在这里边，本县先要用心细细的看一看，找到一丝的含蓄脉络出来，方可着手。不过要向夫人预先声明一下，就是在本县尚未察看明白此画寓意之前，不便随意推测，固然于夫人母子有利，可也不能就此认定，假若画中暗示，于夫人私下有欠检点之处时，也要据画追究、依法处理的。所以现在本县，应留下此画存查，将来于夫人为祸为福，此时尚没有一定，话要事先说明，还请夫人斟酌决定。由本县作主时，即请将这张画留在衙内，不然，夫人可径自带回便了。”倪氏听罢，马上站起来，很郑重的答道：“小妇人早已决定，恳求县太爷详加考虑，情愿将画留在这里，只愿上苍垂怜，暗助狄太爷（注：原为“太爷狄”）把此画看个明白，替小妇人母子作主，永不忘县太爷再生之德了。”说罢，又朝狄公深深拜了一拜，即行辞出。

这时洪亮陶干公干完了，回到衙内，见倪氏退出，赶紧进去，向狄公报告点收钱家财物经过。陶干抱着一大卷文书账册，呈到狄公面前，洪亮禀道：“小人和陶干把钱家一切点清，在他的内宅，查出黄金数百锭，白银无数，另有金银器皿甚多，均封妥锁在一间牢固的屋中。所有妇女仆役，关在第三个院子里面，并派六名公差，十名兵丁守卫，统交乔都头在那里监视主持。这些文书账册，是由钱某卧室中搜出来的。”狄公看了一看这大堆文书，皱了一皱眉，道：“清理此案，怕一时完不了呢！现在全行交你二人整理清查，要注意案中，除霸占勒索等情外，还有没有其他较重的事项。本县方才托地方父老代找几个得力书办，如果来到，也好帮助你们办理。”洪亮答道：“这些人已经到来，现正在外面候着。”狄公说：“好好，派你二人告诉他们，即刻著手。除清理各档外，有关处分钱某办法，以及他谋杀前任潘县尹的证据等等，均要另外附具意见缮呈，备本县逐一参阅，再候定夺好了。”

狄公一边指示大家，一边就把倪氏所呈的那张画，顺手打开，横放案上，大家一齐注目观览。原来是一张著色山水小条幅，十分工细，自上往下看去，在顶头画着是峰峦叠嶂，白云缭绕，峰右一股小溪独泄，曲曲折折，一直淌到下边。高下几处屋宇分布，各衬松柏数棵，翠碧葱茏，风韵挺秀，只是没有一个人物。额题篆书“虚空楼阁”四字，并未署名，仅箝盖一颗小小图章。全画绢地绫边，裱得干净整齐，上著丝带，下佩木轴。狄公很仔细看了一番，沉吟半晌道：“此画似蓬莱方壶，洞天神府之类，颇近道家作风，但是寓意何在，很难捉摸。你们把它挂在书案对面的墙上，以便早晚随时鉴赏，也好找出一个究竟。”陶干忙把那张画挂起，狄公又复端详一会儿，始举步走到院中，洪亮等都随在后面。

狄公见那绅士介绍的三个书办人员在那边等候，把他们叫到面前，看这些人尚称精神整齐，似可胜任，于是随便问了几句话，并勉励了一番，最后指着洪亮陶干向诸人道：“你们以后在他们二位手下当差，明天本县开始问案，必须早些到衙门来好了。”要知狄公如何审那恶霸钱谟，且看下回分解。

第七回

审强徒爪牙招实状

报假案僧侣受官刑

话说第二天大清早起，全县即遍传今天县太爷亲审恶棍钱谟，只见看热闹的早已人山人海，涌到县衙门前。后来的竟无插足之地，依然在远远的翘足观望，拥拥挤挤，好不热闹。正在这时，骤听铛铛铛三声锣响，那栏坊县署的两扇大门便徐徐打开，就见男男女女，老老少少，不容分说，一齐拥入。大堂的前廊上搭有一座高坛，坛上正中放着一张高高公案，案上铺着一块大红的绸子。后面另一小桌，上置纸笔，为书吏录供之所，前面则公差皂役，分列两旁。坛后的帘子，这时已启，狄县尊缓步而出，登坛入座，洪乔马陶四员心腹，侍立背后。老百姓见狄公官服官带，威仪万千，那嘈杂人声，顿时安静下来。

狄公略向两旁，俯视一周，然后拿朱笔题签，由洪亮双手接过，转饬差头冯大，并高声传谕道："大人有命，带钱谟从犯，先行听审。"冯大接过签子，随带两名差役，直奔监房，去后不久，便把钱谟手下那个年纪较老的师爷，带至公案前面，喝声跪下。狄公命他先报姓名，及把与钱谟伙通一气、助纣为虐、鱼肉乡里的一切经过，据实招来。那人见问，颤颤巍巍供道："小人姓刘名万丰，本为他的老人时候的管家，到他的老人死后，钱谟把小人提升，充当他家的师爷。至于钱谟所作所为，枉法违情之处，曾经小人苦苦相劝过。"

狄公一听，便冷笑着道："可惜你的苦苦相劝，他是照旧为非，所有钱某的犯法勾当，大概都少不了你的干系。你如今是一个重要的从犯，要打算摆脱自己，减轻罪过，只有从实招出，本县或可法外施仁。不然，你要小心你那个脑袋啊！如今本县对于钱某所犯细小罪情，先不追究，只问你：他到底杀过多少人？讲！"姓刘的答道："小的主人横行乡里，辱打乡民，垄断公私，霸占田产，这是免不了的。至于杀害人命，小的确知他是向来没有过的。"狄公喝道："狗才！这是你明明扯谎！死去的那位潘县令，不是你主人谋害的吗？"刘某忙答道："那并非他所做。当事情发生时，小的主人以下都很惊慌，猜到外人一定认为谋杀县尊，除小的主人外，无人敢做。彼时小的主人把持地方，已有多年；潘县尊一到任，便有意对小的主人下手。但他身边只带了一个随员，小的主人，毫不在意。正想静待几日，看那潘太爷来势如何，不料这一日清早，有人皇皇张张的跑来报告小的主人，说道潘县尊被人杀死，尸身在那河边发现。小的主人一听之下，懊恼异常，他知道，这谋杀官员的一笔账，一定算在他自己头上的，于是万分无奈，就借口潘县尊仅带快捕六名，越界追踪胡酋，遇伏不敌，因而殉难；并叫唆部下六人，签押作证，就如此这般向郡中呈报。郡中信以为实，也就据报转奏朝廷了。”

狄公听到这里，把惊堂木一拍，喝道：“你这狗才有意替你的主人掩饰，打算避重就轻，希图减罪，所以胡编乱造，一派谎言，不给你个利害，焉肯实招？来人，先就地鞭打二十，看他如何！”刘某闻言变色，还想分辩，两旁公差，早已把他按倒，那牛皮法鞭霹拍一阵抽在他的背上，他痛极喊冤，自认所招不虚。狄公自忖，这厮所供或真，因为他知道到了这时，若不说实话，等待他人供出，不免罪加一等，此时少给他点苦头，好让他尽吐实情。于是想到这里，听已责打过了十下，便示意住手。冯大给他一杯苦茶，让他苏息了一会，继续又问道：“你刚才所供，如果属实，为甚么你家主人不设法找到凶手，偏偏去捏造事实、欺骗朝廷呢？这不是有意帮凶，存心多此一举吗？”刘某答道：“他早清楚那杀潘县尊的是谁，何必用他去找呢？”

狄公听言诧异，瞪眼厉声斥道：“你这话更是无理胡说了！他既然知道凶手是谁，为何不把他捉起来，送到郡里，既可以自己脱了嫌疑，更可得上边的信任了吗？”刘某摇着头道：“太爷明鉴，小的委实不知道里边原因，求太爷只好去问那钱谟自己了。因为他平日和小的们商量的，都是些琐碎细小的事情，至于较大较重、干系非常的事情，他是从来不和小的们说的。再据小的所见到的，有时他一遇到重大棘手紧要事项，他必另外请教一个人，但是小的们确实不知道那个人是谁。”狄公又问道：“你休要胡说，本县深知你那主人，精明强干，刁狠敢为的，遇事会自行处理，何必还要请教旁人呢？”刘某答道：“太爷所见不假，小的主人，确是一个聪明机警、敢作敢为的人，不过也有他的短处。他原和小人一般，就是从小生长在本乡本土，没有离开过县城一步，边荒小县，见不到甚么大世面，小事还可，大事临头，就不懂得怎样去处理了。所以每当郡里找寻这栏坊县麻烦的时候，小的主人只要与那鬼鬼祟祟的那个人见了面之后，便会有办法，想出来对付的。”

狄公听到这里心中更加诧异起来，略往前靠了一些，郑重的问道：“在你家主人幕后诡秘主谋的，是何等样人，你知道吗？快给招出！”刘某道：“在过去四年中，小的主人常常外出，暗中与那个人有些往还。有时那个人还在深夜到庄院过访，小的主人等他来到之后便一直带到密室相谈。那人来的时候，总是穿着僧衣赤着两脚，一条黑色围巾绕顶；因此，他虽然来过多次，但小的们无法认清面目，也从未听过他的语声。与小的主人秘室低声细语，往往要谈到一两个时辰方走；走时与来时一般，是悄然无语，匝头裹面而去。最怪的，每当他来过之后，小的主人总有重大的事件做出来，所以小人认为潘县尊被害，必是此人所为。因为出事的那天晚上，他曾经来过一次，他与小的主人秘室相谈很久，约略听见他们争论不休，只是不能听得清楚他们吵闹的是甚么。小的主人自他这次来过以后，一天到晚骂人，连发好几天的脾气，小的们明白他们一定为了那谋杀县尊的事有很大的干系。”

狄公听罢，不但诧异，而且更加烦闷，对着刘某道："你这一片话，是荒诞难稽，且不追究你。那么，你家主人掳掠冯大的儿子，和他的女儿白兰的事，你必知其详了，据实招来！"刘某答道："是的，这类事体不大，小的尽知，情愿招出。关于冯大的儿子，确有此事，因为庄内短少做粗活的人，小的主人派庄丁到城里随便拉几个使用。记得那天一共拉了四人，冯大的儿子亦在内，过几天后，其中有三个被他们家里拿钱赎回去了。冯大一因无钱，二因他曾持刀到庄子上争吵过，所以小的主人硬把他的儿子扣下不放。至于冯大的女儿白兰，小的主人原有意买她作妾，他既不肯，也就罢了。后来他女儿走失，硬说是小的主人抢去，小的主人气极，派人把他的铺子烧掉，但确实没有抢他的女儿。以上都是小的亲见亲闻，不敢有一句假话，请太爷明鉴。"

狄公听了刘某的一套口供，捋着胡须，暗料这刘某所招不假，冯大失女或与钱某无关，只钱某幕后这个人，最关紧要。此人捉不到，钱案无法处结，他如今知道败露，一定早已远飏。寻思到这里，乃又向刘某道："你且把本县到任后，这两天的情形详招上来。"刘某道："在太爷未到的六七天以前，那前任邝县尊曾告诉小的庄主，说后任将到，他不好意思见面，要先离开这里。小的主人允他走去后，并派人叫城守官绅，不得迎接新任，县衙中留一个牢头在那里作眼线。他这样布置，用意使太爷理会他在此地的利害，也可以说给太爷一个下马威。当日那牢头未归，到了第二天牢头才回到庄子上，在小的主人面前播弄是非，说太爷决定拿问小的庄主，并称县中亲随不过三四个人，也没见官军在侧，那三四位随员却还威武勇猛，粗鲁得有些怕人。”陶干站在后面，听到这一句，却朝着洪亮丢了个眼色，微笑了一笑，洪亮也点头会意。原来陶干一向没有听到有人说他勇猛的，如今不免暗中得意。遂又听刘某继续说道：“小的主人听牢头之言，颇不自在，立刻派了一个头目带领廿个打手，由牢头领路，袭击县署。后来梁彪等五六人跑回庄子，等到天亮，小的主人醒来，小的才带着梁彪，向他把那一夜的情形告诉他。他立刻拿出一面小黑旗子，令小的们挂在大门外的树上，然后与小的们在内厅商量应付办法。正当这个时候，谁料到太爷已到，于是一齐被逮了。”狄公问道：“那面黑旗作何用处？”刘某道：“悬起黑旗是召请那僧衣怪人的暗号，每逢一挂黑旗，晚间那人必到，每每如此，回回不爽。”狄公听罢，微微点了点头，于是命冯大把该犯回押，并发朱签，即提恶棍钱谟到案。

且说老百姓在下面听狄公审那刘某，正呆呆入神，忽听提审恶棍钱谟，大家不由得低声嘈杂起来了，称奇的，叹气的，欢喜的，惋惜的，一时观感各异。也因为把持这栏坊县城、亘亘八年之久的一位土皇帝，不料三日数之间，竟为一个新到任的县尹单骑捉来，朝为庄主，夕作死囚，且平日深居简出，今竟让成千累万的眼巴巴之下，受人审理，焉得不令人咨嗟哀叹呢！也是恶贯满盈，报应不爽。

这时已见冯大押着钱谟到来，见他身长体大，背厚腰圆，气宇昂昂，面目凶恶。看他大步走到坛前，直视狄公，不肯下跪，转身又朝下面望了一眼，冷笑一声，依然直挺挺立在那里。冯大喝了一声跪下，又指着他说道："此处是县署公堂，不是你那钱家庄。"钱谟一见，认识冯大，更加堵心，闷气上腾，将要开口，只见他满面发紫，筋脉骤涨，陡的二股鲜血自鼻孔直喷出来，跟着就见他那粗壮身躯，扑通跌在坛下。狄公在上，看了十分清楚，忙命冯大取水浇头贯胸，好大半日，鼻血乃止，但人已晕迷不醒了。

狄公又连忙再提刘万丰来，问他："你家主人，有无旧疾?"他答称："小的主人身体虽健，但素患头风，经过多少医生，未能治好。每逢气恼烦闷过度，旧病必发，发必昏迷不醒，要经过三两个时辰，方可复苏。据本地医生诊断，那种病非药石之力，唯一治法，必须剖开脑骨，散泄邪风，然后可以除根。本地没有华佗复生，所以他这病也一直没有治好。"狄公听了，下命先把钱刘二犯照旧收监，抬回钱谟，交由牢头，一俟该犯苏醒，随时呈报。

狄公因钱某如此，最属不幸，一切无法追究，尤其重要的是，那幕后操纵的歹人，趁此机会更要远飏，颇悔事前竟丝毫不知，以致当逮捕钱某时未能先加追问。想到此处，微微的叹了一口气，乃举起惊堂木，用力一拍，随即站起身形，高声说道："查这栏坊县在过去八年之间，遭钱某把持垄断，称霸乡里，以致朝廷法令不行，几成化外。本县到此，首除奸邪，上复朝廷威信，下纾百姓舆情，所有以往遭受钱某欺压陷害者，概可随时递状鸣冤，经本县查实后，定据情伸理，或赔偿抵罪，依法严惩该犯，决不姑贷。但钱某积恶多年，案情繁复，受害者必多，审判究查，非短时可竣，举发昭雪，不可过于心急。本县既禀承朝廷命令来此，守土保民，责有攸归。今后守法者为良民，犯法者为害马，按律惩办，概不循私，凡尔军民人等，共体此意。”狄公这一段话刚刚说完，下面的老百姓个个觉得重见天日，禁不住鼓舞欢呼，方才的严肃恬静，变为一阵喧嚷嘈杂起来。衙役等再三阻止镇压，大家才渐渐的平静下去。

这时人丛之中忽见有三个僧人，唧唧咕咕的一阵子后，便见分开众人，一同向公案这边走来，一边走，一边喊冤，到了公案前面，又一同跪倒，齐称：“县太爷，小僧们冤枉！”说完不住的东张西望。狄公看见他们粗俗不堪，神色不定，不像谨守清规、十分安分的和尚，当令跪在中间、一个年岁较长的先说。只听他禀道：“小僧法名道柱，和这两个师弟，同在本县城南观音寺内修行，吃斋念佛，不涉俗务。庙内原供奉观世音菩萨赤金造像一座，为小刹至宝。约于两个月前，那恶霸钱谟借布施为名来到庙中，竟将这尊金像夺去，不顾扰及清门，沾辱佛光，将来罚入地狱！如今钱某在押，愿求县太爷作主，将原像追还。如已经钱某销毁熔金，亦望于收没该犯私储金银中，分出一些赔偿。”说完便又朝上叩了几个头。

狄公听毕，略一沉吟，便很和蔼的对那僧人道：“那菩萨佛像，为庙中至尊，本县想你们平时一定很勤谨守护，不敢有一些疏忽吧？”那僧人忙答道：“是的，太爷所见不差！小僧每日早晚奉三通经，上三通香，且随时拂拭尘土，净理佛光，未敢一丝懈怠。”狄公又问道：“你那两个师弟也一定和你一样的，是吗？”这时分跪两旁的僧人，也分别说他们早晚与他们那位师兄一般一样去虔诚诵经，敬礼佛容。狄公听罢，即命书吏拿白纸三张，木炭三块，发给众僧。待发给后，狄公又吩咐他们道：“跪在左边的，再往左边挪去几步；跪在右边的，再往右边挪去几步；中间跪着的不动。”三僧不知就理，只得遵命分别走开。狄公又吩咐道：“你们此刻都要转身朝外，伏在地上，各各把那尊观音像的样子描画下来。”这时下面人众听见狄公这样吩咐，发出一阵喃喃惊讶之声，旋又被差役们齐声喝止。

但这三个僧人，见县太爷如此下令，却面面相觑，频频用手搔着那光光的头皮，画了半天，却仍未见画出。差头冯大在旁屡次督催，众僧才描了出来，当堂呈上，照旧朝上跪好。狄公接过一看，怒形于面，立刻把那三张纸掷在地上，厉声喝道：“你们这三个大胆狂僧，竟敢在本县面前捏称佛像被夺，存意骗财！钱某就是有罪，也不容你们随便诬告哇！来，把他们各笞二十大板！”这时由上面掷下来的三张画纸，飘在案前地上，一些人都看个清楚，上面画出来的样子，竟个个不同。有的三头六臂，有的八臂一头，更妙的，另有一张画的是送子观音。大众看罢，纷纷传说，又是一阵狂笑起来。同时又见公差按倒三僧，七手八脚，朝着僧人屁股上各打了二十大板。三个秃驴那里受得住，无不杀猪般的怪叫起来了，打毕之后，都动弹不得，幸好老百姓中有几个看着又可怜又可笑的，于是将他们一齐扶掖出去。

狄公便向大众说道："三个僧人狡诈贪利，不守清规，此次重责他们，以为捏造诬告者一个教训。再有，本县到任伊始，因为逮捕重犯钱谟，权用军法统理地方政务，布告在案。现在首犯就逮，就此结束前令，一切恢复常态，特此宣示，要大家知晓。"狄公说完，派冯大查看钱某如何，速速回报。冯大去后复转，禀报该犯照旧昏迷未醒。狄公于是吩咐他告知牢头，无论何时，如果该犯醒来，立刻报告，说罢站起，将要下命击鼓退堂，忽见人群中纷纷闪开了一条道路，由外面皇皇张张似疯狂一般，跑进一个少年。狄公忙叫公差分开众人，就见这少年口中呼冤，双膝跪倒，嚎啕大哭，朝着狄公无头无尾的说道："县太爷，生员老父已经被那吴某狂徒杀死了！"原来这个少年就是那贡生丁公子，前来告状。要知狄公如何发落，且看下回分解。

第八回

报告噩耗伸冤县署

理明奇案尸验民家

话说狄公见丁贡生突来喊冤，嚎哭不止，声称伊父被人杀害，自未免吃了一惊，遂乃重行坐下，拢手向后一靠，对丁贡生说道："令尊被害情形如何，且详细述来，再候定夺。"丁贡生见问，一边拭泪，一边禀道："昨天是先父六旬正寿诞辰，合家庆祝，亦有几家至亲前来祝寿，款待宴饮，直到深夜始散。先父高兴异常，迟到半夜，才回到他的书房休息，而且想在他自己寿日这一天，要替所著完了的那部《征边纪略》，写篇序文。小生亲自送到书房门外，看着进了书房，听见他在内把门闩上好，小生才回到自己屋中。那知这一次就是小生父子的最后一面了！今天清晨家人到书房去请他老出来用早茶，叩门好久，不见答言，家人跑来告诉小生。小生惟恐老人家年高体亏，骤尔患病，赶快又带同家人，跑到书房，见那门依然关得好好的，亲自叫了一回门，始终未闻一丝回响，心里着慌，怕有意外，便和家人一同用斧将门劈开，忙着走进。只见先父伏在书案上，不动一动，还以假寐正浓，那知小生走到身前，用手一摸，头骨冰凉，轻轻一推，纹丝不动，觉得不好，再一检视，只见匕首插颈，已是被人家谋杀身死了。彼时小生目击惨状，又痛又怕，心里早已明白，一定是吴峰那狂徒干出来的，便立刻来此喊冤。务请太爷即刻派员把姓吴的那厮捉来，替小生亡父报仇雪恨，实感大德!”说到这里，见他一面叩头，一面又放声大哭不止。

狄公听了皱眉深锁，略一沉思，便安慰丁生道:“世兄宜节哀顺变，不可过分伤心！父仇自无不报之理，本县一定替你设法缉凶。”说罢，即命洪亮把丁贡生扶起在一旁，令他先行回家，本县随后即去验尸。狄公此时又复站将起来，吩咐即时退堂，另命差役等收拾大堂院落，遂即退入内堂去了。那百姓们亦已络绎离开县衙，一路之上，三三五五，议论纷纷，暗赞这位县尊精明强干，从此这栏坊县可以无忧了。

再表那梁彪受命带着两名弟兄照顾秩序，退堂后，也随大众一路行来。他这时整了整腰带，与那两位弟兄说道:“咱们这位新县尊真是有威有仪。那两位差官乔泰马荣，却是又雄又武，一看就知道是久经大敌，不是一天半天的功夫养成的了。”此时两个弟兄中有一个较为伶利的问道:“听县太爷方才所讲，似乎结束打仗的样子了，那么在这里驻守的官军是不是昨都调走了呢？可是我始终也未曾看见过一个官军，只有咱们原来的几位弟兄罢了，这是怎么一回事呢?”梁彪正色答道:“上边的事，甚么有，甚么无，或是来，或是走，都是军机大事，当兵的那该过问这些！不过你这小伙子，还能懂得点世务，我不妨透露一点让你知道。就是那一营官军，原是调往边卡，作暗地侦查的，路过此地罢了。这是事关机密，你们要走露风声，留神我要砍你们头下来呀！”那兵又问道：“可是一营官军数目不小，怎么能够一夜之间便全行撤走了呢？”梁彪挺了挺胸膛，说道：“官军向来是了不起的，还有甚么办不到的事情吗？你还记得，我从前对你说过的渡黄河的事吗？我们一大队官兵到了黄河边上，没有桥，也没有船，元帅下令，一定要渡过。大家后来想出个办法，两千名分成两行，跳在河中手臂相挽；另有一千名手举盾牌，平放水面，跳在两行中间；然后元帅便在这盾桥上跃马渡河了。”那兵一听，这般故事，太靠不住了，因为梁头目脾气不好，于是也不敢多问，只得答应了一声：“是的，我还记得头目对我们讲过不少次了。”说着这时，梁彪带着两个弟兄，回到钱宅那临时的营房里面去了。

狄公少微休息，便带了六名公差，两名兵丁，乘上小轿，洪亮陶干骑马引路，旗牌写着“栏坊县正堂”几个大字，在前鸣锣开道。差役嚷道：“闲人们散开，县太爷来了！”街道两旁的老百姓，听见锣声，无不伫足而观，只见洪陶两匹马当先过去，跟着一顶小轿中，端坐着一位官服官帽的县太爷，不由得齐声欢呼起来。陶干见到这般光景，笑着在马上和洪亮说道：“洪爷，你看见了没有？三天前那里能够见到这般光景！”

少时大家已来到丁府门前，那丁贡生早在门外迎接，赶到轿边向狄公行礼不迭。另有一个须发半白的老头儿也忙向狄公打千报到，自称本地仵作，在此伺候。丁贡生插嘴禀道：“这个人是一面当差，一面还做药店生理。”狄公听罢点了一点首，吩咐验尸所用各物，要预备妥当，说着下轿，由丁贡生在前引路，走进大门。狄公举目一看，暗称好大一座阔宅子，走进客厅，吩咐冯大带着六名公差，就在此处摆设公案。狄公无暇落坐，就嘱丁贡生即领他到出事地点查看查看。于是丁贡生依旧引路在前，经过几许游廊抱厦，方走进后院。迎面堆起一座玲珑崔巍的假山，穿过假山，后面一片大池，里面锦鳞游涌，浮萍飘碧。绕过鱼池再向左拐，进入一个跨院里面，只见正对着跨院门口，有一座精致的小书房，三面都包围着在高墙之内。

狄公一踏进院中，便瞥见那被砍坏了的破门。这时丁贡生紧走两步，把那破门拉开，又复闪在一旁，让狄公等走了进去。狄公一进门，便闻有一股蜡油气味，举目四望，见这书房按着八角形式造的，两边墙壁高头开着四个小窗，窗上各嵌着带色的玻璃，以致透光不多，屋中显着十分暗淡。那四个窗户上面，另外开着两个通风洞口，约有一尺余见方，并未附着窗棂，只用些铁条纵横隔着，一屋全凭这两个洞口透气进来。除了这两个洞口和一扇门外，全屋四壁，并没别的进口了。书房当中放着一张红木雕花大书桌，那位被害的丁老将军，就坐在书桌后面，面对门口，他身上外套褂子已脱去，只著一件墨绿便衫。他的便帽，已经落在地上，垂头伏在案上，左臂弯屈，左腕垫着颈，右臂直直的伸在书桌上面，手上还拿着一枝笔。因他的帽子脱落地上，狄公一进门便见他一头斑白长发。文房四宝依旧陈列在案上，此外还有一个瓷瓶，里边放着几朵残花，左右两只烛台，都是蜡尽泪干的样子，四壁满列着与人一般高的书架子。

狄公看至此处，命陶干把书架后面墙壁仔细检查一遍，看有没有隧道外通，或是穿墙偷入的痕迹，同时把四个窗户，两个洞口，也都细检有没有拨动掀损之处。于是狄公便命仵作上前把那老将军的肩膀一摇，再把手臂一拉，知道死去多时，已经僵硬不纾，又去扳头，却连同坐椅向后翻倒，方才看清死者的面目。那老将军面貌清癯，瞪着两眼，死目无光，现出一种很惊慌的样子。他的喉颈上插着一个薄薄的匕首，只有木柄外露，长约半寸。狄公俯视一遍，便命仵作把那匕首拔出。只见他用两指把刀柄紧夹，慢慢的往外一提，原来这件凶器刀身很短，厚薄与那木柄略同，入肉才有三四分之深，拔出之后，略略举起，请狄公看过，然后很仔细的用了一张油纸包了起来，于是站起禀道："伤口不深，血已凝结，四肢挺硬，像是在昨天夜里老早的便死去的光景。"狄公听罢点头不语，默默寻思，暗想：昨夜那死者进入屋中关好了门之后，似乎先脱去外边褂子换上了便服，然后坐到书桌后面，磨墨濡笔，著手为文。凶手在他坐下不久，便动手刺杀，因为他那时仅仅写了两行便突然而止之状，又似乎他见到凶手在前，故面留惊恐，彼此之间，时间不见得过久，定是事起仓卒，倏尔遇害的了，所以他手上仍旧拿着那管笔。狄公想到这里，就见陶干禀道："全屋查过，找不出凶手出入的道来，他进来已难，更不必问那是如何跑出去的。"狄公听他如此说来，亦觉奇怪。陶干又接着说道："这间屋子的周围四角，都已查清，除了这个门口以外，再无别的入口，并没有甚么暗门隧道一般的东西。"

狄公捋须稍微想了一会，便向丁贡生问道："你以为那凶手是不是在令尊未进门之前，或是刚刚进门之后，偷偷的跑进去的呢？"丁贡生答道："这决不能有的事！小生亲见先父自己下锁开门，小生给他老请晚安之时，他老还在门口稍微站了一会，那时只有管家站在小生的后面。小生行礼之后，看见先父转身走进，听见先父把门闩上好后，这才同管家一同回到前院里来，而且先父一进一出，都亲自把门锁好，也只有一个钥匙，先父永远自己带在身上的。至于凶手预先潜入，等着先父回到屋中，以便行凶，据舍间实情看来，那是绝对不能够的事。小生所见如此，还请太爷明断。"狄公又问道："你报称那吴某是杀人凶犯，又何以证明他是在甚么时辰来到这里的呢？可又有没有一点痕迹呢？"丁贡生摇头低声道答："吴某为人是极其精细乖巧的，预谋杀人，必不会留下任何痕迹的。不过小生相信将来经过太爷一番察究审问，一定会把吴某行凶的实情找到证据出来。"狄公听他说完，便命他随同公差在他家客厅内稍加布置，权作公堂，并吩咐把丁将军遗体移到那边，再仔细验看，丁贡生领命便随同几位公差向前院走去。这时就见洪亮凑到狄公耳边低声说道："老爷，据小的看来，关于昨夜的情形，应向那管家仔细追问一遍。或者凶手在事前预伏屋中，也未可知，只是又没有法子知道他是怎样出来的呢！因为查看破门，知道他们用斧头劈开时，里面着实上着门闩咧!”狄公听洪亮一番话，却轻轻点了一点头。要知后事如何，且看下回分解。

庆寿筵老翁遭意外

第九回

庆寿筵老翁遭意外

究凶手恶霸死监中

话说狄公在丁贡生到前院去后，立刻命洪亮把死者身上搜查一番。在那老将军左袖子里面，找到一块小手巾，一具银制牙签耳挖，套在一个锦绣小袋子里面；右边袖子里，找出另一个小纸匣子，再把腰带解开，却并无别样物件。狄公把那小匣子打开，里面装着蜜饯梅子九枚，分作三行，排列整齐。这梅子原是本地特产，远近驰名，匣子上面贴着一张红签，上面写着“吉祥如意”四个字。狄公看罢，叹了一口气，顺手把匣子放在桌上，仵作也已把死者手上的那枝笔拿下来了。这时公差进来把尸身抬到前边而去，狄公叫众人齐到前面客厅，听候差遣。

大家去后，狄公独自在死者的椅子上坐了下来，稳靠椅背，仔细向屋中用目一看，见这正面和左右两面的墙壁，都遮满书架，只有屋门一边是空着的。门的两旁，分挂着两条字画，门楣上悬着一张横额，上面写着“自检斋”三个字，狄公知道这是死者自署的斋名，又把书桌上的文房四宝和写好的一册稿本仔细察看，见那砚台是很好的一块端石，式样也很精雅，那块墨质地也甚佳，另外一个玉制墨架，垫着研磨的一端。再看那白玉笔筒和瓷质笔洗，都刻着“自检斋”三字，足见这些文具，都是死者自己定做的了。那文稿上面压着一对铜尺，上面刻着一联是“春风雕柳叶，秋月澈涟漪”，下款刻着“竹坡退士”字样。狄公料这是死者朋友特制送给他的，于是拿起死人所用的笔一看，是一枝剔红管狼毫，制作得更为精巧，上刻“余年乐事”四字，附有一行蝇头小楷，是“自检斋主人晋六大庆，谨具微忱，静庐拜祝”等等字样。狄公心想，这无疑也是朋友送的礼物了。他把笔放下，再把死者刚刚著笔的一张文稿仔细看来，仅仅写了两行，笔迹很是熟练，写的是“弁言”二字，另行是：“夫左史记言，右史记事，皆先圣先贤，摭采善德懿行，以垂教后世者也。”狄公一看，这是几句起笔，大概丁将军写出这几句后，正在寻思如何接下的时刻，就突然遇害了。

狄公一面自思自想，一面拿着那枝笔，细细把玩，觉得此间真是绝妙幽居之所。他独自坐了半日，不闻外面有一些杂音进来，心里乍一沉静下去，忽觉自身所坐的这把椅子，正是死者遇害之所，不由得有些恐怖之意。他抬头向对面墙上一看，心里骤吃一惊，原来端端正正挂在对面的那张画，忽然歪了一些，一想是否另有暗门藏在画后？老将军的突遭不测，是不是由这暗门跑出来的刺客呢？如果是实，则自家所处之地，不一般有点危险吗？于是狄公一边幻想，一边注视那对面的字画。

但他又一转念，这未免太过虑了，如果画后暗有机关，陶干那有查不出来的道理呢？那么，画儿忽然歪了一些，大概为陶干查看墙壁时所移动无疑。想至此处，心意涣然，但仍疑惑那凶手未必离他很远。

这时狄公又拿起那枝笔来蘸了一下水，想试这笔是否好用，感觉那右手一边的烛台凑巧碍着手腕，不便落笔，正想用手挪开烛台，忽又停止，因想起那老将军昨夜写下两行字之后，一定略一搁笔，移动烛台，惟移动原因，似非由于去光太远，却是另有别的事故，需要移烛查看。因为写字就光，烛台宜向左移，今则烛台却往外移，则此中道理，必有蹊跷，说不定他的被害，就许不出此时了。

狄公猜想至此，眉头深锁。他放下那枝笔，把烛台拿起，细看一遭，并未找出特别可疑之处，于是重行放下，摇了摇头，只得走出书斋，告诉两个守门公差："任何人不准进内，一俟破门修理好了后，再加封固锁便了。"说着狄公举步向前院走来。只见客厅中公案设好，他遂即就座，案前一领芦席放着丁将军遗体。狄公叫过丁贡生来到案前，认明是伊父无讹，然后命仵作即时开验。仵作先脱下尸身的上下衣服，这时丁贡生忙扯下来一幅衣袖轻轻把将军的面部盖上。那仵作遂逐部验看，另用银尺一根，把牙关撬开，细看了一回喉咙和舌头唇齿，完了之后，便向狄公禀道："死者生前体格强健，并无疾病，只四肢各有瘀痕，斑如铜钱大小，舌着浮苔一层，显系中毒。喉间刀伤一处，入肉不深，不能致命，身死原因，想由于刀上传有毒药所致。”厅上的人听到这里，都抽了一口气。此时丁贡生低头俯视伊父尸身，面上也露着惶恐。仵作又打开那个油纸包，把那柄小刀凶器，呈到公案上，对狄公禀道：“太爷请看，这刀刃上除了血迹以外，还著有一层水色的渍痕，这就是致人死命的毒药。”狄公把小刀拿起仔细审视，果有一层微青黑色的水痕在上面，便问那仵作道：“你可认得这是甚么毒药吗?”仵作摇头道：“外用的毒药，小人们无法验出究竟是属于那一种的，只内服的毒药，却容易辨出是甚么药来。惟敷在刀锋上去杀人的，倒很少见的。按尸体皮色和四肢瘀痕看来，仅能断定死者所中的毒，大概是由毒虫身上取出来的毒汁所致。小人所知如此，不敢妄说。”狄公听罢，只叫书吏填好尸格，念与仵作一遍，叫他当场印下指模，更向丁贡生说道：“尊翁遗体可即时装殓。”并叫他招呼他们的管家上来回话。丁贡生忙把管家叫到，又取出一块白布，将尸身盖上。

那管家来到之后，跪到案前，口称：“小人邓贵叩见太爷。”狄公问道：“邓贵，你把昨天夜里所眼见的情形逐一报告，从昨夜开寿宴的时候说起。你既是管家，应当知道更清楚，给本县说来，不得含混。”邓贵说道：“昨夜寿堂就设在这客厅内，那时我家大人坐在当中，旁边坐着的是，我家二太太、三太太和四太太，以及小主人夫妇两位。还有两位表少爷是大太太的两位堂侄儿，我们的大太太早已在十年前过世了。外边走廊上有雇来一班鼓乐，他们一直吹打到了夜里，约摸在我家大人安息以前一个时辰左右，才散去的。家中酒筵摆到半夜，直到我家小主人最后向我家大人敬了一回酒之后，我家老主人才站起来，要回书房就寝。我家小主人陪着同行，由小人举着一支蜡烛在旁随着。到了书房门口，老主人亲手启锁开门，小人便进去把桌上两支蜡烛点着，然后退出。小人可以保证，那时候书房中空无一人，小主人在门口行礼请了晚安，老主人随后便走进书房，小人看着他老正把钥匙放了在左袖口内。他走进去掩上门后，小人和小主人尚在外听见他老关门上闩的声音，于是小的随着小主人一同退回前院来，以上就是昨夜经过的情形。”狄公听罢，命书吏录下供来，给他又念了一遍，认为不误，然后打上手模，叫他先行退下。

狄公又把丁贡生叫过来，问道：“昨夜你从书房那边回来之后，曾做过甚么事？或遇到甚么事没有？”丁贡生见问，面上露出有些不安来，踌躇一会，并没有立即答出。狄公乃厉声喝道：“本县有问，为甚么不立即回答？有甚么隐情吗？”丁贡生慌忙答道：“事情是这样的，小生昨夜送先父回来后，来到自家屋中，曾和家里的吵嘴，内人嗔小生酒席筵前，当着亲朋，使她太难堪了，让她在诸姑面前丢了大脸。那时已到深夜，小生觉得十分疲倦，不屑与她说长论短，喝了一杯茶便自行就寝。后来两个丫头替内人脱下外褂子后，她因为闹头痛，叫一个丫头替她按摩了一阵子，后来她也睡下了。闺中不逊，实在让太爷见笑了。”狄公把自己记下的一些要点卷了一卷，纳入袖中，乃淡淡的对着丁贡生说道：“关于凶手一层，本县勘察检验多时，并没有找出有关吴某的证据来呀！”丁贡生道：“小生恳求老父台拿住吴某，严加拷问，那谋害先父的实情，定可追究出来的。”狄公听了并未作答，只站起身来，说声：“退堂，打道回衙。”于是走出前院，坐上轿子，径自带领手下差弁回衙去了。丁贡生仍送至门外，深深行了一礼，见一行人马去远，这才反身入内，开始料理丧事，暂且不表。

且说狄公一行，到了衙门后，狄公首先问钱谟苏醒过来没有，狱吏回禀说道：“该犯一直晕迷不醒。”狄公乃派人请来医生竭力给他诊治，看看如何再讲，于是带着洪亮陶干进入内堂，分别坐下，一面吃茶，一面把那把凶器拿出，分别细看一番。狄公叹道：“此案太奇怪了，那凶手何必与一位告老退休、六十岁老翁过不去呢？此外更有两项难解的，第一是房子那般牢固严密，凶手怎样进去的呢？第二是这几乎没把柄的一把小刀，焉能将他刺入死者喉咙呢？”

洪亮在旁只觉诸般难解，皱着双眉，惶惶惑惑的无法解答，就见那陶干此时慢慢的说道：“在先卑职以为能够懂得这小刀的用法。因为早年卑职流浪南方各省时，曾听人讲过，那深山中的一些生番，专能用一种管子，吹出兵刃，若飞刀一般，杀伤人物，却是百发百中。及至查看这样小的凶器时，马上料出那行凶的一定有生番的本事，自那通风洞口的铁棂当中，吹进这把小刀，中入咽喉的。可是细查凶器，是从下面斜着刺中死者咽喉的，上下方向不同，情理已说不通了，除非凶手隐身榻下，向上一吹。但是后来到外面一看，那书房后墙以外，还竖着一堵更高的墙，摆不下梯子，人就无法进去。既是人无法进去，就不必问借着洞口往屋里吹刀子的事了。所以卑职想了半天，查看半日，始终还是没有弄明白。”

狄公又喝了一口茶，寻思了一会，才开口道：“你所说生番吹刀，在这里想来，似乎不通。你们还要想想，就是这把凶器，是一把几乎没有柄的小刀，捉刀无法，又怎能刺进一个活人的咽喉呢？你们曾留心看这把凶器的样式了吗？那刀身略似圆锥，简直可以说与凿子一般，并不像是匕首。不过现在先不去想怎样刺进咽喉的道理，等着经过一番精细考查后再说好了。陶干，你先把这凶器拿去，照原样不差毫厘，做出一把木头的来，本县自有用意。但是你要格外小心，不可碰着刀尖，那上面是涂着毒药的。”陶干把刀子接了过去，又见洪亮说道：“这件案子，内中牵连必多，干系必大。老爷何不把姓吴的传来，侦问他一番呢？”狄公道：“本县也正想去看看那姓吴的是怎样的一个人，但本县要改装微行，访他一次，你可以跟着走一遭，一同看个究竟出来，再作计较。”

狄公说完，正要更衣，就见那管狱的慌忙跑进道：“太爷！那钱犯醒过来了。”狄公一听大喜，也忙着带同洪亮陶干进得监中，见钱谟躺在那里，额上放着一块湿布，闭着眼张着嘴，在那里兀自喘气。狄公趁机只问他一句道：“钱谟，要你说出害潘县尹的凶手究竟是谁？”钱谟闻言，睁开二目，一看狄公站在面前，气又往上一冲，两眼若赤火一般，张目结舌了半天，他才说出来一个“你”字，下边尚未说出，突见他四肢抽搐，翻身乱滚，工夫不大，只见两腿直挺，下巴向上一陡，竟纹丝不动了。狱吏上前一摸，原来已气绝身死。狄公一看，叹了一口气说道："此犯突死，谋害潘令尹的凶手恐怕是永远不能查究出来了。"要知后事如何，且待下回分解。

谈艺理狂态欺官差

第十回

访凶徒微行入酒店

谈艺理狂态欺官差

话说狄公洪亮二位，换上青衣小帽，微行出衙，按照丁贡生说过的路径，去私访吴某这人。他们来到东门火神庙一带，连问过好多人，没有一个认识那吴峰的。后来狄公想起丁贡生说过那吴峰是住在一家长春酒店里面，于是一路问来，方在一条横巷里，看见一家门前高悬一面酒旗，上有“长春酒店”四字，临空飘荡。两人知道不错，遂即走进店中，迎门横置长柜一张，将屋分做前后两厢，四壁上下满列大小酒坛，红纸标签，酒色不一。店主圆头大脸，倚柜外望，一见狄公等进来，上前忙着招呼，知是主顾到了，擦桌抹凳，让座送酒。

狄公问道：“店中生意好吧？”店主摇了摇头说道：“店小利薄，那能看好？对对敷敷，够开销罢了。”一边说着，又端上一碟小菜来下酒。狄公又问道：“店中只你一个人招呼吗？为甚么不找个伙计呢？”店主道：“客官那里知道，多一个伙计，就得添一个吃饭的，不如自家一人凑合便了。两位客官到这小地方来，有何贵干呢？”狄公道：“我们是丝行，由京里出来办货，路过此地要要罢了。”店主闻言，很有兴头的说道：“原来二位打京里来，那好极了！我们小店里住着一位，也是打京里来的呢，二位正好和他会会了。”狄公问道：“那位客人是我们同行吗？他贵姓？他叫甚么？”店主道：“他叫吴峰，不是客官们一行，他是画画的。画的好坏，我们是外行，一些不懂。有人说他画得不错，我们认为那必是很好了，而且那位是整日埋头埋脑的在那里画，别的事一点不做，像这样下功夫的，还会画得不好吗？”他不待狄公说出请字来，已经跑到楼梯下边，抬头叫道：“吴先生，请下来一会！这里有从京里来的客人，你不打算听听京里的情形吗？”就听楼上有人答道：“对不起，我有事，放不下手！若不嫌的话，请他们上楼来好吗？”店主闻言，有点不高兴，搭讪着走回。狄公忙道：“不要紧，我们少时上楼看他去好了。”于是狄公二人胡乱喝了几杯酒，算过酒钱，另外付了几文小账，带同洪亮，径自上楼去了。

且说狄公二人上到二楼，只见一间大厅，异常宽敞，前后窗棂，裱糊精致，很是明亮透澈。靠后壁下放着一张小竹床，当中一张长桌，上面铺着一块白绢，一个年轻的人，正在低头调和颜料，身穿样式别致的一件长袍，外面罩着一件短褂，头上缠着一块花绸巾，骤看起来，好似一个缠回的胡人。壁上贴着许多张未经裱过的画，那时他正画着一个阎罗王，听楼梯一响，知道有人来访，一边执笔着色，一边说道：“二位请床上暂坐，我把这蓝色着好，不然停笔就干，就上不匀了。”他仍在弯着腰，说着画着，并未抬起头来。洪亮只得到床边坐下，狄公却走到他的身旁，留意看他的一笔一笔在那里画着，见他纵横渲染，用笔轻熟，知道确是一位画家，但所画鬼神人物，另开生面，与众不同，尤以衣纹线条，更为别裁。挂在墙上的一些人物，显然也非画中土作风。

这时见那少年把蓝色的敷妥，一边刷笔，一边狠狠地看了狄公一眼，才开口说道："原来是新任县尊光临，承便服过访，在下也不拘大礼了！"狄公见他如此说出，倒吃了一惊，便问道："你怎样认得我是县官呢?"那少年笑着把笔放下，两手交叉在胸间，稍一转身，斜靠长桌对着狄公说道："我一向专工画像写真，一看你老就是一位县宰的样子。我现在正画个阎罗王，借你老尊容作一个画稿好了。"狄公听他一口气不顾轻重的说出这样话来，也不觉得笑了，料这年轻的人聪明得很，再也瞒他不过，便说道："不错，我确是新任县令狄仁杰，那位是洪都头。"少年听说，回过头来向洪亮点了一点头，再向狄公说道："我公大名，京里妇孺皆知，可是尊驾为何枉顾到此呢?我想你老人家不见得是要捉我吧！如果要捉我，两名快捕就行了，又何必劳动大驾呢?"狄公接着问道："你为甚么想到我要捉你呢?"这吴某听言，把头上丝巾往上一推，郑重的答道："老人家请你宽恕，我不作客套虚词。坦率而言，就是在今天早晨，我听见外面纷纷传说，本县大户丁将军被人谋杀了，这本是装模作样的老坏蛋应有的报应！他的儿子到处扬言，说家父吴将军是他老子生平最大的仇人，因此认为我到此地，是要杀他的老子的。那小坏蛋近一个多月来，不断到这里附近，窥伺我的动静，还常常向店中掌柜子刺探我的消息，更胡言飞语，暗地伤人。现在他父死非命，自然要嫁罪于我。假若平常的县宰，得他诬告之后，马上会捕风捉影，将我即刻拿去。幸遇你老人家是当今著名的一位清明的父母官，所以不轻信飞言，自然要亲身来到这里，看看我是怎样的一个人!”

他说到这里，那洪亮见他那狂傲无礼的样子，早就无名火起，猛的跳将起来，叫道：“老爷，这个狗才，不知天高地厚，盛气凌人，太可恶了!”狄公连忙拦道：“你不要这般动气！这姓吴的与我颇可相知，他的话倒也有些滋味，你不要莽撞。”洪亮见狄公拦他，也不敢再事发作，于是又复坐下。狄公又对吴峰说道：“小朋友，你料得很对，你既这样坦白自陈，我不妨也率直的问你一问。你既是一位有名的将军之子，年纪轻轻的，为甚么独自一身，跑到这偏僻的地方来住呢?”吴峰回头看着壁上的画，慢慢的回答道：“在五年以前，进了学后，立志不再做那咬文嚼字的功夫，乃专心一意在这绘画上面，废弃学业，矢勤艺工，颇为家父所不满，但立志既坚，终亦任我所好。我曾拜过两位名手为师，跟他们学好初步功夫后，觉得他们作风不能令我满意，存心别求深造，另访名家。可巧两年之前，京都来了一个西土名僧，授我新奇画法，活泼动人。从那时起，自信应调和旧法，融入此僧一派新裁，使我国艺业重新振作起来，自己颇具雄心。该僧为高檀国人，所以我定要亲到彼土，从事游学。”

狄公听他说到这里，冷冷的插嘴道：“你这篇议论，固是高明，但我却不以为然。中土艺事，源远流长，造诣已高，何事夷狄（注：原为“狭”）堪为师导？那简直是笑话了！我并不乱充行家，多事辩论，仍请你放言一谈，我倒听个究竟！”那吴峰接着说道：“我既立下决心，乃向家父要了一笔川资，准备出发。家父认为远远的跑一趟，阅历一多，可以变变稚气，也许受点颠波折磨，有个心回意转，那时自可安心读书、徐图上进了，因此家父答应给我旅费。此地在两年前，是到高檀国必经之路，未料来到此地之后，才知道路已不通，官道向北迁移。从这里再往西行，则沿途只能看见些回纥夷商小贩，全无知识，找不到一些艺事滋味，所以我就无心再往西去，因此也就在这里停留下来。”

狄公对他这番议论，不加论断，只对他说道：“我有一句话要问你，就是昨夜你曾到何处去过？从初更到三更，你在那里？”吴峰很简截的答道：“我就在这里，任何地方没有去。”狄公道：“你能够找出证人来吗？”吴峰摇头道：“没有甚么人可以替我作证，谁料到那时候丁将军被人杀死咧！”狄公走到楼梯口边把店主叫上楼来，对他说道：“我正在和这位吴先生打赌，请你告诉我，昨天夜里他出去过没有？”只见店主用手挠了一挠他的脑袋，想了一想，陪笑道：“小人向你老告个罪吧！我无法回答你老的话，因为昨夜这里出入的人太多，实在不理会这位吴先生曾出门没有。”狄公点首，便叫他走了，接着问吴峰道：“丁贡生说你曾雇人在他的宅子左右窥探过，可有此事吗？”吴峰一听这话，竟哈哈大笑起来了。他答道：“这话太荒唐了，我才不愿意为这老坏蛋破费一文钱呢!”狄公再问道:“当年令尊为甚么要告他呢?”吴峰道:“那老坏蛋当初要顾全自己的性命,使八百多个士卒全都被敌人杀了干干净净。那时他该依法当斩,但朝廷不愿因他一个人致透露军机,启民轻视,乃令其自行引退,留一个情面与他。彼时老百姓对于官军已早有烦言了,所以他能不死,也是朝廷曲意存全,别有苦心的了。”

狄公听罢,略为沉吟,乃站起身来,赏鉴墙上挂着的画。那些画全是神佛一类,尤以观音菩萨画的最多,有些一像一张的,有些却是有别的菩萨随伴着的。狄公看了一会,对吴峰说道:“我看不惯这种作风,你这所有的画,以你所学的新法绘出,并不见得于我土艺事能有改进。但你能否送我一两张,让我朝夕鉴赏,也可对于你的议论能够多得一些领会呢?”吴峰闻言,颇现迟疑,终于在墙上把一张三尺条幅取下来,画的是一位观音立像,另有四位菩萨左右分侍。他把这画铺在桌上,拿出一颗白玉小图章,盖在画的一角上,刻的是篆文“峰”字,用作署款,盖好之后,恭恭敬敬,送到狄公面前,同时问道:“我是不是就到衙门里去呢?”狄公正色答道:“看你似乎自以为犯了国法,总是心情不安的样子!本县于你无庸拘捕,不过要留在家里不可外出,少时差人自有知会。现在我要走了,谢谢你送我这张画。”狄公说着起身下楼,洪亮紧紧相随,吴峰送到楼梯门口,施了一礼,并未送下楼去。

且说狄公等出了酒店之后,洪亮喘了一口大气,说道:“这厮太狂了,委实可恶。抓了来,夹他一夹,看他还敢自高自大不!”狄公笑道:“吴某确是一个聪明的小伙子，不过他错了，却犯在我的手里。”说着二人回到衙中，陶干乔泰已在内堂等候多时，禀告狄公检查钱谟家里经过，说在那里找出好多勒索百姓的证件，更证明刘万丰所供不虚，钱谟所作所为，全是自家作主，两个师爷跑腿奉命、虚应故事罢了。狄公一边喝茶，听他们报告完了，就把吴峰送给他的那张画展开，看了一看，就命陶干把它挂在倪氏那张画的旁边，靠在椅背上，对着这两张画，凝神端详，对洪亮等三人说道:“现在可以起始鉴赏鉴赏。那倪太守的遗嘱隐语，和丁将军的突然被刺，两个案子的关键，都暗藏在两张画中。”三人听罢，颇觉诧异，也同时移座在两画对面，随着狄公细赏深思。

这时马荣自外走进，看见狄公以下都一齐呆坐，注目那两张画上，觉得莫名其妙。他心想主人赏鉴清玩，也就罢了，为甚么他们三位也忽然学起风雅来呢?狄公见马荣进来，也招呼他一旁落座，共同欣赏，马荣只得遵命就座。这时陶干站起来，走到那张倪画的跟前，仔细的审视一番，转过身形，对狄公说道:“卑职最初以为在那山峦树叶、屋檐水纹里面，必暗藏一些字迹在内，可是仔细看了半天，却未看到一个笔画出来，太闷人了。”狄公见他如此说，微捋胡须，慢慢说道:“本县昨晚也曾细观，差不多耗了一个时辰，也是毫无头绪，今早又分寸必较的看了一遭，依旧茫然。区区的一幅画，竟把我这出身明经的县官都给蒙混住了。”

陶干此时忽有所悟，即向狄公启道:“老爷请想，这画背裱衬里面，是不是隐藏着一个纸条在里面呢?”狄公道:“本县固料到此种情形，昨晚也曾在灯前照看了半日，如有夹带，自会看出来的。”陶干接着说道:“卑职当年在广州时，曾学过裱糊手艺，不如将这张画里面前后揭开，里面如有夹带，自易露出。同时再把两头木轴拆下来，看那轴子里面是不是空的，说不定倪太守的遗嘱就卷塞在那里边呢!”狄公道:“你说的也有道理，只是揭开之后，你若能重新再给裱好，原状不变，那就可试办一下。不过这种夹带藏法，是一种极粗浅的，像那倪公精明盖世的人，怕不会用这种法子吧。但是既然想出，你又有这种手艺，试试也无妨，或许意外寻到头绪，也算天助我们了。只是吴某的那张画，却与此不同，一定是另具章法，很可助我们破获那丁将军被刺的案子。”洪亮却很诧异起来，他听狄公如此说出，有些难测，乃问道:“吴某那张画儿，是他自己挑选出来的一张，那能含着破案的头绪呢?”狄公微笑答道:“那是吴某自己不知，他在不经意中选出那张画，也就在不经意中露出了他的马脚，因为他并不理会我是一个深通画理的人，那里会想到他所忽略之处，就是本县注意之点呀!”说完又端起茶杯，呷了一口，然后命马荣把冯大找来。

狄公向他注视一会说道:“你的女儿玄兰干事很好，家里人都说她做事勤谨，人也聪明。”冯大听言，不明来由，只一旁垂手，口中称谢。狄公又道:“你的大女儿白兰，现在仍无着落，你小女儿玄兰，住在内宅，有了安顿，本不想让她离开这里。只是本县现有一事，非令她去不可，也只有她能做得好，故不能不麻烦她一下，打算派她自己投到丁府作临时雇工，就便在他家里刺探消息。丁家此时正在筹办丧事，处处需人，让她投到那里，找一件短工去做，自然能接近丁家里面的上上下下，随时可以得到一些有关此案的机密线索。因为她是你亲生的一个女孩子，派她出去以前，不得不问一问你是否乐意。”冯大连忙答道：“此事全凭太爷作主，小的一家，都愿伺候太爷，听从差遣，而且玄兰这孩子，生来就有胆子，太爷如果派她做这些事体，正合她的心眼，不会干坏的！”

这时马荣忍不住插嘴道：“老爷若派陶干做这类勾当，不更好吗？”狄公看了他一眼道：“探听一个人家里的内情，由日用论常闲话当中著手最妙，女佣最相宜，不是一个男子所做得到的。冯大，你即去嘱咐你的女儿，马上到丁家去找点事做好了。对于吴某拟派出两个人监视他的出入，马荣，你到长春酒店附近，要摆出是奉命看着他的样子，但又要装作避免让他瞧出你诡秘的神气来，任他走出，格外小心，照此做去，不许让他看露马脚，要知道他是一个很狡猾的人。陶干，你要在暗中切实监视住他，几时看他偷自走出，你便暗中追踪，看他到甚么地方去，去做些甚么事体。假若你发觉他立意脱逃，你就毫不疑迟，露出身份，立加逮捕。”陶干有些高兴了，说道：“老爷这种一明一暗、一假一真的钉着犯人的法子，是卑职和马荣干过的。老爷放心，不会误事！倪家这张画，卑职现在先行拿去，沾水湿透，晚上就可动手揭起衬纸了。”狄公点首，于是陶干把画摘下，便同马荣一同退出。

狄公见二人去后，又吩咐乔泰冯大二人去到钱谟庄上，把钱犯妻妾各由娘家领回，仆役则按人由县中垫发一月工钱，通通遣散，只留管家一人听候传讯。乔泰借机也把他教谏收编那些兵勇的经过，详细报告一遍：大家每日操练两次，都很下心，尤其梁彪头目，能干有威，他的手下人等都很怕他等语。狄公听言，认为很好，于是让他们也都退下。这时他独自靠椅略息，寻思乔泰这人，虽在手下当差多年，尚未察觉他对于军务确如此干练。以前只认为他和马荣，只不过绿林豪强出身，对于他们过去经历，除马荣曾经听他自家表白过几次外，至于乔泰方面却极不清楚。及至此次来到栏坊县后，看出乔泰为人，很喜欢干些军务的事，据近日来看他发号施令，教练安排，很像一个武职将官，将来得暇，再去问问他好了。狄公一边自思自忖，又见案头堆着钱谟案子的一些文卷，于是就动手翻阅起来了。要知端的，且看下回分解。

第十一回

陶干夜入三宝庵

马荣醉眠长春店❶

话说马荣陶干二人，回到屋中，商量如何巧装改扮，出发公干。马荣道："我既然要那小子看出我是个公差，用不着怎样去改扮，你换上一个做生意人的帽子便够了。"陶干便戴了一顶折叠随意的黑缎小帽。马荣在临出门时对陶干说道："我的差使倒也不难，让他知道我是衙门派来看着他的，不任他随意走动，那还不容易吗？可不晓得那小子要怎样来对付我们，如果他满不在意，只管向街上走去，我们一时跟踪不上，又应当怎样办呢？"陶干摇头道："不会如此！那姓吴的不知道你在那里是甚么用意，他若出门一直往街走去，难道不怕你捉他吗？而且他一定明白，走出门口就有溜逃的嫌疑，彼时衙门快捕便可依法捉起他来的。如果他真听老爷的话，澈夜在寓所里不出来，那么我们就算白跑了。但是他若想偷偷出来，我一定跟踪不放，他到那里，我便能到那里，到了任何所在，他都很难跑脱的。"

他们谈了一会，相继走出衙门，马荣在前，陶干在后，远远相随。洪亮早把那地点和姓吴的面貌，告诉他们二人，马荣没有用了多大的功夫，便已找到那长春酒店，他望见店里悬着两只很亮的灯笼，照得四壁酒坛格外发光，那店主正忙着照顾两位顾客，在那里打酒上菜。马荣看见酒店对面有一中等人家住户，他便站在这家门口石阶上，倚着红漆大门的门框，直瞪着酒店这里。那酒店的楼上点着很亮的蜡烛，窗棂上不时晃出一个人影走动着，似乎就是那姓吴的在楼里忙着做甚么。马荣在昏黑的路上东张西望，并没有看见陶干的影子，于是叉着手在胸间一抱，预备久站下去再讲。

这时候酒店中的两个酒客，已尽了两壶，马荣却仍兀自站在那里。忽听开门的声音，马荣转身一望，门已打开，见是一个老人随着一个家人自门走出，打量了马荣一眼，说道："你这个人，到此找谁？还是来察看我们的吗？为甚么晚间要站在我家门口呢？"马荣暗想，这是个好机会，嚷一嚷，使姓吴的注意他，于是板着脸道："不是呵！"说完一声，依旧靠住门框不走，仍是两眼望着酒店。那老者见马荣回答的不大顺气，有些怒了起来，便向马荣说道："这是我的门口，你既不找人，又不是公差查户，就请你离开这里好了！"马荣斜瞟了他一眼道："这是官街上，又不是你的产业，我喜欢在这里站着，谁管的了吗？"老者一听，更是气了，说道："你要赶快走，不然我找下夜的把你赶走！"马荣嚷道："你要不喜欢我在这里站着，那

❶ 此处依照原版录入，是书中唯一的七字回目。

么你们就推推我试试!”这时酒店里店主顾客都眼巴巴的望着这边，楼上的窗户也打开了，那吴峰伸出头来望一望，高声嚷叫:“打吧，打吧!”也不知他是叫谁打谁。那个家人看马荣虎臂熊腰，气昂昂站在那里，向那老人道:“把家里人喊出几个，打他一顿好了。”马荣冷笑道:“好！把你们那些狗头都叫出来，看你老爷怎的!”老人一看马荣这般光景，知道不是一个好惹的，于是对那个家人说道:“大晚间的，不要在自家门前吵架，让这无赖站着去好了，骨头烂了，碍我何干!”老人叨叨唠唠的走向那厢去了。只听当的一声，家人把大门关上。吴峰看这场架没有打成，把头缩进，也关上了楼窗。

马荣借此进入酒店，那两位酒客忙起来相让。马荣假装怒气未息，看了两人一眼说道:“你们两位与那家老狗有干系吗?”一个人忙着答道:“没有没有！我们都住在后街。那位老人是教书的先生，素日脾气不大好。”又一个接口道:“我们并不是找他念书的呢！我们到这里来，喝二盅，消遣消遣罢了。”马荣听着也笑了，顺手掏了一把钱往柜台上一放，叫店主打一角好酒上来。店主连忙打了一角酒，端上一碟腌鱼和一碟卤菜放在马荣面前，陪着笑脸问道:“这位客官，陌生的，敢是新到此地吗?”马荣一口喝干了一杯酒，店主跟着又给他斟满，才说道:“我是王老爷赶车来的。他是大茶商，运来三大车茶砖，打算跟那边胡人做笔生意。我们今天下半天才到，东家赏了我一两银子，晚间没有事，叫我出来散散逛逛。本想找个娼家的玩玩，没有找到，许是把路走差了。”店主笑道:“你老是摸错了方向啦！这城里很有几个塞外来的混事姑娘，她们都住在城东南莲花湖那边，你老找开心得向城南那方向去。你老是个见过世面的，那里一般滥货，那能配得上你老哇！且问你老，自京里来的路上，可遇着甚么新奇的事吗？请你老里边坐，给我们说一说，也让我们这小地方的人，开开眼界，换换耳音，好吗？”他说着，把柜台上的钱推回给了马荣，说道：“你老初次照顾，这酒钱算小店的一点意思罢了。”一面说着掀开柜栏，请马荣里面去坐。

那两个人见店主这般高兴殷勤，劝着马荣也都进来，一是凑趣，二是沾光，马荣也是将计就计，拣一个对着楼梯的座位坐下，趁势拉了那两个人一齐喝将起来。那二人得着不花钱的酒，对马荣刻意奉承。一人道：“像你老这样豪杰的样子，一路之上，不知收拾多少剪径劫路的了！”店主也给马荣斟了一杯又是一杯。马荣是酒入欢肠，也禁不住高谈阔论，讲了些惊人动魄血淋淋的故事出来。正在兴高采烈之际，他一眼看见吴峰自楼上下来，走到一半，却又止步，注视了马荣一眼。店主见了他，喊道：“吴少爷，快来喝两杯吧！这位爷正说得热闹咧！”吴峰道：“我现在正忙哩，不能奉陪了。稍等一会，就来叨扰，有好菜给我留下点呵！”说完，他又转身上楼去了。店主对马荣道：“这位是小店的住客，也是打京里来的，很有意思的人，你老和他一块喝喝谈谈，一定投缘有趣。请不要忙着走，少时他就要下来的。”说完一看大家酒盂已空，又打了两壶送来，一一斟上。

且说当马荣在这酒店里，酒意正浓、谈兴正盛的时候，那知一样出来公干的那陶爷，却忙个不得了。书中交待，陶干自从看见马荣站在那厢之后，便拐入酒店隔壁一条漆黑的小巷子里面，他连忙把大褂子一脱，翻转过来，以里当面，又复穿好。原来这件褂子是特地做好，外边是黑绸面子，里子是粗麻破布，镶着多块补丁，带着不少油渍，穿将起来，像个叫花子了。他又把帽子用手一压，变成扁平小帽，经过这番改扮，便无异常人，于是顺这小巷走去，绕到酒店背后，是一条又黑又窄的小巷。原是酒店和后街一排房屋后门的小过道，秽水污尘，到处堆积，很少有人走过。陶干小心摸索，走到酒店后门所在，他用手攀及墙头，轻轻一纵，便上去了。往下一看，正是长春酒店的后院，一排一排的空酒坛堆在墙边，他看个明白，又复飘身而下。在这小过道中，他找到一个破坛子挪在墙下，站在坛上，恰好肩与墙齐，于是双肘伏在墙头，手托下颊，正好把酒店全院房屋看个十分清楚。吴某所住的是一间楼阁，陈列许多盆景在那里，阁子底下，便是酒店正房的后墙，有一扇半开的小门，通到在墙外的一间小屋子那边，他料必是酒店的厨房了。陶干把酒店后面查看已清，想那吴某如果从他的房后跳下来时，却是很容易的事，只要从后阁溜到厨房屋顶上，再跳到地下来，自是不难。那时楼上后窗紧紧闭着，陶干只好静待那厮，看他有无动静。

约略过了半个时辰之后，对面楼窗忽然打开，只见一个年轻的伸出头来，四下张望。陶干心想，这一定就是吴峰了。他在黑暗中，知道吴峰无法看见他的，依然伏在墙头一动也不动，只注视吴峰不放。就见吴峰张望一回之后，便自窗口跨脚出来，轻轻的跳在厨房顶上，再匐身顺着房檐下望，找好了落足之所，便很利落的跳到一排酒坛旁边，足一落地，即向通小巷的过道门走去。陶干也赶快跳下，向外跑来，将要从窄巷拐过，却巧吴峰自那厢已经出来，与陶干撞个满怀。吴峰理也不理，低头向大街走去。陶干在后，学着无赖骂人的口吻，骂了吴峰一句，吴峰仍不理会，尽管向街中走去，陶干便在后紧随。走到街上，行人略多，他此时不用藏藏躲躲，只远远随着吴峰，因为他头上缠着花色网巾，与众不同，在人丛中极易辨认。

这时吴峰一直向南走去，走了一会，转入一条小巷，行人不多，陶干又把小帽拉长，在身上取出一条竹竿，有一尺多长，可伸可缩，特制成六种不同的尺寸。这时他拉长这根竿子，如拐杖一般，用手扶着，像一个中年管家一般，不慌不忙，走将起来，一直走近吴峰后面，同他一齐前行。少时吴峰又折入一条小巷，再拐进另一小巷，这里昏暗荒僻，陶干跟到巷口，脚步暂停，先向里边望了一望，看出那是个死巷，顶头一座破庙，庙门已无门，里边暗无灯火，巷中一个人影皆无。只有吴峰一人依旧向前走去，上了庙前石阶，见他忽然止步，向后看了一遍，陶干忙把头一缩，未曾被吴峰看见，等他再去探头察看，吴峰踪迹已无，无疑的是业已走进庙里去了。

陶干少待了一会，然后走进巷中，到了破庙根前，登上石阶，门檐上砌着“三宝幽居”四字，借着星光，约略看出，于是蹑足进到庙中。既是破庙，触目荒凉，殿中陈设，一件皆无，空有神龛，堆积很厚尘土，屋顶瓦盖脱落不堪，仰首可以望天。他仔细把这破庙端详一番，只见断瓦颓垣而已，却不见吴峰的影子，后来找到庙的后壁，另有一个小门。他侧身躲在门框一旁，向内偷偷的看了一下，见一个鱼塘岸边，石凳上面，兀坐一人，正是那吴峰，见他以手支颐，静坐俯（注：此处疑漏“身”字）瞥视，欣赏那鱼塘晚景似的。陶干一想，此处必是秘会所在，赶紧觅地藏身，怕被再有人来瞥见，暗中等待有甚么事故发生。但他不敢用眼注视吴峰，因为他知道机警的人，往往自会觉得有人来注视他。于是陶干闭上眼睛，倾耳细听四面有无音响，如此静候一时，还没有甚么动静，再度睁开眼睛，看了几次吴峰，仍旧坐在那里，毫不变样，有时俯拾一两块石子向池塘投下，有时站起身来，在池边踱来踱去，似乎另有深思。他这样独自流连，约有半个时辰，过后忽见他站起回身，径向小门走来。陶干一惊，将身紧贴石壁，屏息不敢稍动，吴峰并未发觉，掠他而过，匆匆的出了破庙，顺着原路而归，及至临近酒店，每逢拐弯，必先探头张望，想是怕那店中马荣是否跟踪在他的前后左右。陶干看见他又进入酒店后面的小过道，知道他不会别往，也就不再跟着，于是慢慢的走回衙中去了。

再表马荣一直在酒店中谈天说地，讲个不休，依然热闹非常。马荣这时把他生平所知，扫数说出，再也不能接续下去似的，便由店主接口讲些他自己的闻见。那两个酒客，每听毕一段，必帮腔作势，赞扬一番，大家好不痛快。再过半个多时辰后，马荣喝得差不多了，但他饮量素宏，仍旧清醒不醉，这时才见吴峰自楼上下来。马荣一见，暗自高兴，如果把他灌醉，说不定由他口中得点要紧的消息出来呢！于是连忙让座举杯邀饮，便说道：“我们都是从京里来的，敬你一杯。”吴峰见让，并无客套，就座同酌，这长春酒店又再度热闹起来了。于是此一会，却成了长春酒店一段佳话，几个月后，犹被到处传说，题为二士长夜赛倾杯，此是后话不表。

再说吴峰喝了一杯，就对店主道：“我今来迟了，要先罚我一大杯。”叫店主拿个饭碗过来，斟满之后，见他一气饮干。好酒性烈，可是那吴峰饮来，有如白水一般，毫不在意，自此便和马荣等一杯一碗对酌起来。他们仍是一边喝，一边讲，吴峰这时说完一段热闹节目，马荣已带些酒意，口齿不似以前那般流利，可是自己好胜，依旧搜索枯肠，又讲出一段来。等到他们喝了十周后，那两位沾光助兴的已醉得不省人事，店主无法，找了几位邻家，把这二位拖回各自家里去了。

此时马荣已有八成酒意，心里念到这个年青的小伙子，原来这般和蔼可亲，并且痛快洒脱，更是可爱，他原定要设法盘问他几句，可是喝得太多，醉沉沉的早忘掉一旁了，只得再喝他一周。此时二更已过，就见吴峰把头巾揭下，随手向那边一扔，又说了个笑话，引得店主哈哈大笑起来。马荣全未曾听得清楚，也觉得很有趣，陪着大笑一阵。自此彼一盅此一盅，他一言我一语，已经乱哄起来，偶尔一齐停口，却又互相鼓掌对笑一阵，但接着互叫干杯。马荣知道自家是醉了，但见吴峰满面通红，大汗淌个不止，站起身来，对马荣说道：“天已不早，小弟要睡去了！”两脚不稳，一路歪邪，由店主搀扶着送上楼去。马荣觉得此番喝得痛快淋漓，这家酒店真是一个好地方，一边想着，却身不由己歪在地上，就此睡去，鼾声大作起来。后事如何，且待下回分解。

第十二回

推测隐微穷究画理

查得机密始露幽情

话说第二天早晨，陶干正要到内堂见狄公回事，走到院中，见马荣坐在一张石凳上，弯着腰，两手托腮，独自低头沉思。陶干走到他的身旁，呆呆的看了他一会，打笑道："伙计，怎么啦？有甚么过不去的事呀？"马荣头也不抬，只摆了一摆手儿，说道："你走你的，不要管我。昨夜想多套出姓吴的一点话，与那小子多喝了几盅，在酒店睡了一宵，今早才回来，我正想休息一会儿呢，你去你的吧！"陶干听言，也莫名其妙，向他说道："你应当听一听我的经过，还有点东西给你看咧！走吧，一同见老爷去！"马荣听罢，抬头看见陶干手里拿着一个小油纸包，于是站起来，一同来到内堂。

进到屋中，见狄公坐在书案旁边，正在聚精会神翻阅文卷，洪亮侍立一旁。狄公见二人进来，抬头问道："你们昨夜办的事情怎样了？姓吴的出去了没有？"马荣以手摸头，蹙着眉毛，说道："现在卑职的头，如上箍一般，又痛又晕，请先让陶干向老爷报告吧。"狄公瞪了马荣一眼，让陶干先讲。陶干把昨夜经过情形，从头至尾，详细述说了一遍。狄公听了，稍一寻思，突问道：“怎么那女人竟没有露面呢？”大家听狄公说出这句话，都十分诧异。

这时狄公站起来，把吴峰的那张画，自墙上摘下，铺在桌上，用镇尺压着两端，另用白纸，把画周身遮掩起来，仅仅露着一个头面。他叫陶干诸人细心端详。陶干洪亮闻言，走近桌旁，低头瞻视。马荣闻命，将欲起身上前，又复坐下，皱着眉头，甚觉不适。那陶干审视好久，抬起头说道：“卑职细看这幅观音尊容，与一般画的神色是迥乎不同。平常见到的观音像，眉目庄严肃静，与生人面孔截然各异，而这张像的五官，很似一般俗间女人的样子！老爷以为如何？”狄公点首称赞道：“不错，不错！你见到的很好。本县最初一见，便觉得有些奇怪，因为他画的所有佛像眉目，似乎都以一个生人女子为范本，据此，就敢断定他这少年，必和一个女人相好。那女人的一动一静，一颦一笑，已牢入他的心中，早晚不释于怀，故每画观音，竟把他所爱的容貌，传真到纸上来了。吴某年少多情，技艺总算不弱，所摹的那女人俊像必惟妙惟肖，所以据此假像，必可找出真人来。料吴某的留恋在此，必定是为了这个女子之故。如果能够搜寻这个女人出来，那么丁将军被刺的线索，自易追究。”

洪亮道：“依老爷所说，找出那个女人，大约不很难，只在酒店附近用心查访，早晚必获。”狄公道：“你们三人仔细看过，把这张画像眉目牢记在心，随时随地，着意查访，一有踪迹，速来报知。”马荣闻命，便也走近书桌，看了这张仅露头形的观音像，立即双手扶额，略一闭目，颇带惊奇。陶干见他如此，低声打趣道：“我们这大酒坛子怎么样啦！”马荣说道：“这个女像面庞，以前未加注意，如今一看，好似曾在那里见过的，可是一时又想不起来是在何时何地了。”狄公一边把画卷起，一边说道：“那不大要紧，等你的脑子清醒一点，就会想起来的。”又问陶干道：“你手里拿的是甚么东西？”陶干见问，忙着细心把手中纸包打开，原来是一块木板，上面附着一张小纸条，送到狄公面前道：“老爷小心一点，那纸条还湿着呢！一碰便破。这是卑职今早把倪太守的画揭开，在绫边背后，找出这张小纸条，正是倪老的遗嘱，请老爷观看。”

狄公取过一看，不由勃然变色，怒不作声。陶干在旁道：“世上的事，往往表面是一套，于那里面又是一套，各不相符。那倪夫人无疑的是装腔作势，欺骗官家了。”狄公把那块木板向前一推，向陶干道：“你把这张条子上面所写的字，逐一念出！”陶干听言，拿起木板念道：

> 立遗嘱人倪守谦，今以老病侵衰，残年无几，特留遗言示后。查予继室梅氏夙行失贞，生子异血，骨肉非亲，寒门之耻。所有身后产业，遗付长子倪继全部承袭。永维宗祀，书此为证。
>
> 立遗嘱人倪守谦

陶干念毕，说道：“这上面并盖有倪太守本人图章，与那画上钤记一比，分毫不差，看来总不会是伪造的了。”大家听他讲完都默默不语，过有半晌，忽见狄公把桌子一拍大声说道：“这一切，那有实情？通通是假的呀！”三人一见狄公如此说来，却都面面相觑，呆望着狄公不语。狄公跟着又叹了一口气，说道：“现在本县仔细告诉你们这谬误所在。推测此中奥秘，要有根据，就是那倪公为人，是最机警、最有远见的。他必是深知他的长子倪继生性不良，平日对于那异母兄弟，嫉妒在心，在那幼子倪善未生之前，自以为倪门独子，当然承受全部遗产非他莫属，等到倪善出生，遂怀忌恨。那倪翁晚年，关心幼子，他料到如果把家产均分，倪继一定蓄意不良，说不定竟会有谋杀幼弟之心，以便独吞遗产。此老遂不得不故作疑阵，不令倪善争产，以安倪继之心。但是他别具秘语，暗置画中，似欲以产业一半或大半留与幼子，这一点可以从他弥留时所说出的话里边推想得知。他的话说得很清楚，是将画与倪善，而把其余的全留与倪继。所谓‘其余’二字，是指着甚么，并未说明。此点就是老翁苦心所在，用意想凭着这画里所藏隐语，以保全幼子应得之产，待他长大成人以后，便可把被侵占的一部分收回。他指望在十年八年之间，能够碰到一位精明县宰，替他检出个（注：原为“倪”）中隐语，再按着遗嘱处理一切。所以他告诉倪夫人日后每逢新官到任，便呈出这张画，早晚必能碰到会看透遗言的一位官长来。”

陶干听到这里，忍不住开口说道：“不过请老爷留心，当初那位老太守是否真有此话，我们无从知晓，仅凭倪夫人一面之辞，何来证据？再说这张字条，明说倪善来路不清，大概倪老是个宽厚仁慈的人，他不肯说出原委，以免倪继仇视，滋意欺凌，乃故意将此事隐藏画中，俟后日倪夫人一旦争产涉讼时，遇到细心县宰，揭透隐情，可以据实驳斥罢了。卑职所见如此，老爷以为如何？”狄公闻言，略加沉思，便问道：“如你所说，那倪夫人又何必急于涉诉，必要究出此画的底细呢？”陶干答道：“一般妇人，往往恃爱生骄，以为得丈夫的欢心，便作分外希望。也许她猜度在画里藏着有一张金银票据，或是指出某处窖藏，以抵幼儿应得的遗产呢！”

狄公道：“你所说的，固合常理，但对于具有特性的倪公，似不尽然。他或许把不关重要的一个字条糊在里面，让他的长子发现之后，不事深追，以缓和他谋害倪氏母子之意。本县不是也对你们说过的吗？像这样暗夹字条在画背的法子，是极其粗浅平常的，精明如倪公，不会把他的真实遗嘱，作如此布置的。所以除去这张伪作遗言之外，必定另有真的，用一种巧妙精细的寓意在这张画里面。至于揭下来的这个字条，似乎是仅为留给他的大儿子看的，他一定推知倪继必疑心画中藏有重要文字，或许因恨带嫉，怒而把此画销毁，所以先伪作字条，裱在里面，容他发现之后，一看于她母子无益，从此不会再在画中苦寻真迹，此其一。因而不重视此画，可免于销毁，此其二。更因而交出此画，任由她母子保存，反于倪继有利，此其三。那倪夫人不是曾说过吗？这张画原被倪继拿去，过一些日子，才还给他们，这中间足够他揭开重裱的时候。姑无论此张字条说的是甚么，大可以伪造一张替换原物，就是现在我们所查出来的一张是了。如此倪继尽可安心，任那倪夫人无论将画交给谁看，他总立于不败之地的。”

陶干听了这番解释，便答道：“老爷所见不差，只是卑职的意见，似较为简单一点。”这时洪亮在旁插嘴道：“为何不把倪老头儿的亲笔字样找到，和这张字条比一比，便可辨别真假了！可惜画上题额，是四个篆字，却不易看出笔迹来。”狄公接着说道：“无论如何，本县总要访倪继一次，看能否找到倪老的一些手迹。洪亮，少时你拿着本县名帖到他家里，说本县今晚过门拜访。”

洪亮等于是一齐退了下来，走到院中，洪亮看见马荣还是无精打采的，便对他说道：“老弟，赶快去喝一杯热热的酽茶，回到屋中休息一下，等你恢复那生龙活虎一般，大家再出门公干好吗？”马荣点头称是。于是三人一齐进入差房，看见冯大这时正与他的儿子在那厢谈话，见他们三人进来，忙着起身让座。大家坐下后，洪亮吩咐衙役泡了一壶浓茶来，大家乃围桌而饮。冯大首先向大家说道：“我在这里正和小儿商量，有甚么法子把我的大女儿找回来，敢请各位都头给一些指示才好。”洪亮喝着茶，慢慢答道：“我不想对你谈些扫兴的话，你如今既然谈到，我又不能不把我所见到的告诉你。我认为你的女儿，是不是她心里果有心意相合的一个人儿呢？她又是不是与人携手远走了呢？你认为我这种想法怎样？”冯大摇头道：“想不会如此，因为我这做父亲的，深知自家女孩子的脾气，这大女儿白兰确与她妹子玄兰大不相同。玄兰是自小倔强，同男孩子一般，说做便做，很有些勇劲，那白兰就不然了。她性情很柔顺，很沉静，很死板，她绝不会私自认识男人，更谈不到一声不响便私自逃走啦!”

陶干接着说道:“如果她是如此，那私奔自然不会有的。可是能不能被人骗了，把她拐走，卖到勾栏里去了呢?”冯大皱眉苦脸道:“是的，陶爷说的倒是有理，我想该到那些教坊曲院里找一找，可是这城里边这类下处，只有两个所在。一是北里，在城内西北角，混事的都是胡番女子，当初西北官道未曾改变之先，那里原是很兴旺的，近来才衰落下去，成了无赖闲杂人等浪荡之所。再有一处，叫做南里的，那是较高较好的一个寻乐处，里边女的，都是汉人，出身教坊，与大地方的差不多。”陶干捻着左颊（注：原为“额”）三根毫毛，说道:“咱们应当先到冯差头所说的北里去查一查。至于南里，那开生意的，想用的都是来路清楚的女人，不敢收容私逃私拐的妇女，怕犯法惹事，所以我认为北里是个杂处太滥的地方，应当先行著手。”

这时马荣酽茶入肚，打起点精神来了，见他一手抚着冯大肩膀，安慰他道:“你不要太发愁，等老爷把丁家这案子处理完了后，我请求老爷，把找你的女儿这个差事，派我和陶干承办。要打算找到你的女儿，除去我们这足智多谋的老伙计外，再也没有合适的人了！加上我这动拳头的陪伴在一起，自然没有不好办的了。”冯大含泪称谢。恰巧这时他的小女儿玄兰自外进来，形色匆匆，马荣招呼她道：“小姑娘，你干的事怎么样啦？”那玄兰却是一眼不睬，一语不答，只朝着冯大行了一礼，口称：“老爹，女儿有事要见太爷，请带我去吧！”冯大见玄兰回语有事，未敢怠慢，赶紧辞了各位，带着玄兰，径去往见狄公，洪亮也就拿着狄公名帖出衙去了。

且说冯大父女到了内堂，见狄公正在伏案沉思，一见他们进来，心中颇是高兴。他们父女行过了礼，狄公一面点首答礼，一面问道：“小姑娘，你辛苦了，来得正好，且把你在丁家的经过给我说一说。”玄兰答道：“据丁府家人们口里，知道那老将军在世时，时时刻刻总疑心有人要害他，无论白天夜里，害怕的不得了。他们大门和二门整日关得牢牢的，每逢有客人来，或是做生意的要进门时，总需要请示过老主人，然后开锁。他每日三餐，各样各色，也要先给狗尝过，看看有没有毒，然后他才敢用。他家的用人，嫌他太麻烦，没有做得很长久的。他对于男女工人，都很疑心似的，所以多半做不到几个月便不干了。”

狄公又问道：“他家的上上下下，都是怎样的为人，你一一说来。”玄兰道：“老将军的大夫人在前几年下世了，现在当家的，是他的二夫人，为人很和气，只怕人家不拿她当作一家之主看待，有时不免小器一点。那第三的夫人，是一个没有经甚么管教过的平常女人，又肥又懒，但心里没有甚么，很容易处得来。第四的夫人是老将军来到栏坊以后才进门的，年纪很轻，长得也好，一天到晚，离不开镜子，照来照去，觉得那副容颜，自家都爱起来了，除此之外，没有事做，只是向二夫人那里要钱要衣服罢了。今天早晨我服侍她更换衣服，看见她胸膛左边，长着一颗很不好看的黑痣，幸亏没有长在她的脸上咧！至于丁少爷和他的媳妇，另住在一个跨院里，可是那位少奶奶长得很平常，年纪也比丁少爷大了好几岁，倒是一位读过很多书的女人。听说她过门已经好几年，至今还没有生养过一个孩子，丁少爷好几次要讨小，但都被她拦回去了，闹得丁少爷常常与那些年岁大一点的丫头，或是那年岁小一点的女仆们，拉拉扯扯的，只又没有人上他的贼船，也因为都不想在他家里长久干下去，谁还怕得罪他们呢？今天早起，我打扫丁少爷的房子时，找到好些张诗词信稿出来。”狄公插口道：“我可没有叫你做这些事呀！”冯大听了，也狠狠地看了她一眼。玄兰红了红脸，就从怀里掏出一把字纸，接着道：“这都是我在一个小抽屉背后掏出来的，上边所写的字眼都很深，我看了虽不十分懂，但觉得里边有很稀奇的词句，所以才把它偷来给老太爷看看。”说着把手里的一卷字纸递与狄公观看。

狄公草草的披阅一过，放在一边，对玄兰说道：“上面写的一些诗，伤风败伦，观之不雅，你看不懂，倒比懂得好得多！那些信稿也是一样的，丁公子自称甚卑，赞美那收信人也太轻佻，或许是他一时的游戏笔墨，舒散舒散情欲罢了，收信方面，未必看到的。”玄兰又说道：“那丁少爷才不会给他那位丑婆写的呢！”冯大此时耽心狄公嫌她多嘴，连忙低声在她耳边说道：“你这丫头，太多嘴！太爷不问，不许多说！”又赶紧禀狄公道:“这丫头都由于她母亲不在了,缺少管教,才如此放肆,太爷不要怪罪吧!”狄公并未理会,倒觉这孩子天真可爱,乃微笑一下,对冯大说道:“等办清了这案事后,再去替你女儿找个好婆家吧!她这样爽快能干,将来叫她来管家,一定错不了。”冯大闻言连声称谢,玄兰骤听狄公一番话,心里有点不快活,努着小嘴,却说不出甚么话来了。狄公顺手收起那卷诗稿等,再向玄兰说道:“小姑娘,你做得很好,我现派人把这些文字即刻抄录下来,到今天晚晌,你还要把原件送回。你先回到丁家去,照旧留心他们一举一动,一定不要去偷开他们那些上锁的抽屉柜子,让他看出你的毛病,反倒不美,自然做去,不要勉强。若有甚么事情发生,明天再来县报告。冯大,你带她下去吧。”于是冯大玄兰父女走出。

狄公又叫人把陶干找来,吩咐他道:“此处有一些诗札稿子,你拿到下边,完全照录一份,顺便留心这字里行间有甚么含意隐语,把个中人的身份,辨认清楚,究竟是何等人。”说完交给陶干。陶干听清吩咐,忙接过那一卷稿子,立觉眉飞色舞,走到院中,随便翻着,更觉有趣,因为他对这类事项,是他所擅长,那有不高兴的道理?至于后事如何,只待下回分解。

第十三回

初访倪家寻求墨宝

重勘丁府细测畸情

话说这日傍晚，狄公带同洪亮和四名衙役，便服肩舆，往访倪继。路经栏坊的那一座有名石桥，镂槛雕砌，波卧云腾。左边望去，九层宝塔直冲云霄，坐落在一个荷花池畔，湖光塔影，晚照飞霞。由此折向西去，沿着水边，一直向西南城角走来，便见好大一个庄院，后界城隅，前临空旷，围墙格外高厚。也是这一带住户，因西城靠河近边，防范胡人渡河来侵扰，故房屋建造，多格外坚实。若倪府这家，本为当地首富，还能不雄伟，超乎一般吗？

且说狄公来到倪府门前，衙役前去叩门，一时大门启处，两个家人出来，忙让狄公门内下轿，一面跑进回禀家主迎接。这时狄公刚一落轿，就见一个（注：此处疑漏“人”字）身材不高，绅士装束，匆匆忙忙自内院跑到狄公面前，深打一躬，要行大礼。狄公一手拦起，见他口称：“晚生倪继叩见父台老大人。”狄公一边谦让，一边注视，则见此人肥头大脸，稀稀眉毛，短短胡须，虽二目细小，却炯炯发光。他见过狄公便在前面引路，进入客厅，分宾主坐定。只见四壁琳琅，古雅可爱，书画珍玩，要皆精品，大概不外是倪太守生平所藏。这时家人奉上茶来，便即退出，狄公乃先开口道：“本县到任伊始，特造宝庄，得瞻名臣佳胤，荣幸非常。尊府君在时，遗爱在民，本县景仰之私，为日已久了。”倪继听狄公提及伊父声名，赶快起身致敬，规规矩矩的答道：“承老父台光降寒舍，又蒙奖饰过分，曷敢克当！先君于国于民，稍有建树，而不肖却不能克绍于万一，亦以天赋所限，有心无力，徒费钻研，故一无所成，致有老大徒悲之感。然自知无能，遂亦不敢存心妄想，只闭门蛰居，以求无过就是了。”他说到此处，面带微笑，搓着两手，看了狄公一眼，未容他开口，依旧接下说道：“如今老父台英明果断，垂治敝县，下车曾几何时，竟将土豪钱谟，一网打尽，为民除害，谁不钦感，怪不得老父台远近飞声呢！几位前县宰每临敝县，不但不设法除奸，更去同流合污。先君在世时，常对晚生叹息痛恨，那后进的不守官箴，那里去找像老父台这样的刚正不阿呢！老父台真是如今的凤毛麟角了！”

狄公听他只是老父台长老父台短，拉扯不绝，有些不耐烦了，于是插口便问道：“尊大人身后，想也给足下留些座业吧。”倪继听了，略动容答道：“唉，老父台提起‘座业’二字，真是惭愧得很。先君留下却也不少，只是晚生太无能了，在料理田产上十分吃力。因佃户长工，非可与京里那方面相比，多半是狡赖拖延，那里肯好生交租。”狄公道：“听说府上尚有很好的一所别墅吗？”倪继听了又是一愣，答道：“是的，是的！先君曾在本县郊野择地一方，颇称清幽，亦不过为一避嚣之所罢了。”谈到此处，似乎沉默下去了。狄公追着问道：“本县尚听说那个别墅之中，有一处迷宫，闻名已久，可容一观光否?”倪继连忙答道：“小小建造，争传人口，诚寒门之荣了。只可惜先君去世以后，荒置已久，以先人亲手经营，心所喜爱，遗命令妥善保管，是以晚生却未敢擅为拆改，也未敢让予别家，只令先君昔日老家人两口子在那里看守罢了。晚生亦以为照料有人，也就由他去了。”狄公道：“听说别墅里面那所迷宫，建造得奇巧绝伦，颇欲前往瞻仰一下，未知内容如何，想足下曾去过的了好几次?”倪继见狄公一意总提起那迷宫来，不知为何原故，似乎有些迟疑不安，寻思呆了一会，才答道：“晚生从来未去过，也因先君有命不许擅入。里面如何情形，除先君一人外，是没有人知道的。”

狄公道：“那么倪夫人总可知道些了。”倪继叹了一声答道：“说起来晚生委实难过，因为先母在先君之前，早已去世了。彼时晚生年纪还轻，幼而失恃，亦人生最不幸的事了。”狄公道：“本县略有所闻，不过如今请问的是尊翁继配，就是那足下继母夫人耳。”倪继一听，面带懊恼，低声答道：“提起先君继配的事，晚生诚碍难出口了。先君平生只此一事做错，一因人情所难免，一因先君慷慨对人，亦有不得已之处了。先君精明一世，终为一女人所欺。原来梅氏年轻狐媚，不安于室。先君看出，隐忍在心，面无怨色，在父子之间，亦未曾谈及只字。一直到临危之际，先君才把此中委屈说了。老父台此时一定心里想，舍间何不具状公堂，依法处理？但家丑不可外扬，不忍先君一世清名，受此玷污。况且常言万恶淫为首，又道是恶有恶报，晚生不去深究，想那淫妇不会有好下场的。”狄公听到此处问道：“足下既是提到这里，本县不得不有一言相告，就是尊翁继配梅氏夫人，已具状到衙，于尊翁口头遗言，及少子分产事，有所声述。事既交到衙门，本县亦已受理，是非曲直之间，只好候诸异日吧。”倪继见狄公提起倪氏告状之事，顿觉一惊，于是狠狠的道：“这忘恩负义的贱人，到处施展狐媚，老父台休听她一面之辞。”说着站起身来表示气愤难忍的样子，一会又复坐下。

狄公看他有些浮躁不安，少停了一下，待他沉静下去一点，才慢慢开口道：“本县往日，未能获教于尊翁，深为恨事。今既来到府上，不知尊翁遗泽手迹，尚有存留否？如赐一观，若亲觌面，亦算不虚此行了。”倪继答道：“承老父台不弃，谆谆于先人手泽，感何可言！不过先君素极谦抑，自以为遗墨苟留人间，既不足为人矜式，更恐贻笑方家，故临终特嘱家人，将片纸只字，概行焚毁。是以当下无以复命，实在对老父台抱歉之至了。”狄公只好答了一声道：“先德谦虚如此，真是可风了。然尊翁飞声海内，又为本地世家，平生交厚，谅不乏人吧。”倪继答道：“先君在世，极慎往还，加以穷乡僻壤，可谈者少，除非邂逅老父台，自是例外了。而且先君在朝则勤于政事，在野则除寄志于文章外，便躬耕田亩。兹承老父台关心，不胜感戴了。”

狄公欲再有所问，就见倪继喊来家人换茶，一边他又谈天说地，东扯西拉，口锋甚健，无止无休。狄公一边喝茶，一边静听，陡然问了他一声道："尊翁素善绘事，平日著笔，皆于何所？必择雅境寄思，而后方有佳作的了。"倪继抚一抚头，摸一摸下颏，又赶紧陪着呷了两口茶，才说道："承询先君作画之所，常常是在那别墅后园、迷宫入口之前的一小亭子里面。因为环亭景物幽绝，先君作画，取材甚便，至今尚留有一大画案在彼，如老仆不加擅挪，大概仍在亭内存放。"狄公听罢不欲多谈，便站起告辞。倪继那里肯放，苦留狄公，还要多谈一会，于是又听他乱道了一番方行辞出。洪亮等随员坐在下房，见狄公与倪继拱手而出，伺候了上肩舆，一同回到衙内。

狄公进入内堂落坐，却长叹了一声，对洪亮道："倪继这人，忽南忽北说长道短，一点次序也没有。有父如彼，而有子如此，真太可惜了！"洪亮问道："老爷此行，看出甚么来了没有？"狄公答道："倪继这人，不易捉摸，问他倪公有无遗墨，他说只字不存，问他倪公生前好友为谁，他说往还甚少。你在他下房那里，打听到些甚么？"洪亮答道："卑职和他的两个家人谈了很久，皆称他们少主人同老主人一样，都有些怪癖气，虽倪继学识聪明，却远不如他的先人。还有奇怪一事，倪继不是一个拳家，可是他最欢喜令些家丁比弄拳棒。庄内厅院，布置广场，每每聚集家丁们操演观摩，优奖劣罚，颇不苟且，他还旁观喝采，兴致勃勃。"洪亮说到此，狄公插嘴道："这没有甚么奇怪，身体较弱的人，总是羡慕壮士豪侠的。"洪亮接着说道："据那两个家人所说，去年倪继出了一笔大钱，暗的收买了钱谟手下一个著名枪棒教师，钱谟为此事颇为不满。倪继本来是个小心多虑的人，他时刻提防卡外胡人渡河滋扰，所以他勤勤操练家丁，以备万一。他除去收买了那教师外，更请来了两个回纥人，传授他的家丁们胡人武艺了。"

狄公问道："他们没有对你谈到倪公生前看待伊子的情形吗？"洪亮答道："据他们说，倪公对他管教甚严，他素日甚为畏惧，甚至倪公死后，他把东门内的倪公旧宅马上卖掉了，移到现在所住的西城庄院。并且他把倪公所用的老家人一律辞掉，因为他怕伊父旧房子以及旧家人，都会引起他的对先人的畏惧。他对于伊父的遗训，倒是恪守不失，不许他到东门外别业的迷宫去，他就一直不曾去了，在伊父生前如此，在死后也是如此。据家人说，有人当他面前提到那迷宫的话，他往往不免懔然，相对一若先灵在侧一般，亦可谓一个孝子了。"

狄公听毕洪亮一片报道，捋须稍思，又对洪亮说："综起倪继和他的家人所谈一切，与日前陶干报告了民间对于倪府闲谈，大概相符，略有一两点，颇关重要。至于那别业为本地著名之所，尤其那所迷宫，更堪寻味。本县不久拟择日亲自勘察一番。你现在先打听倪氏母子现住何处，请他们到衙门来一次，看她那里有无倪公遗墨存着，并顺便对证倪继所说伊父生前在此无一知交的话，是否确实。再有，杀潘县尹的凶手是不是那个怪客，而怪客究竟是何等人，这些已交乔泰细问那钱谟手下家丁，同时也令冯大到监中追问那两个师爷，或许有头绪查出。另外拟差马荣到城里那些下流杂处之所，暗访怪客踪迹，或是别有同谋，也许说不定呢。”

这时洪亮想起冯大女儿事件，便启道:“老爷吩咐马荣出差暗访，最好把冯大女儿白兰的下落，同时令其留心才好。关于这件事，今早曾与冯大等谈及，大家都认为白兰可能是被拐，也许落在勾栏院中呢。”狄公点了点头答道:“你说的甚是，本县亦曾料到，那女孩子若是落到那种地方，也太可怜可惜了。”停了一会，狄公又道:“还有那丁将军一案，至今仍未得到水落石出，想叫陶干今夜再到三宝庵走一遭，看吴峰心目中的那个女子会不会在那里出现。”狄公说着，就书案上检出一件公事，拿到手中，仔细翻阅。洪亮正想退出，忽然计上心头，又停住脚步，向狄公禀道:“卑职总想关于丁案，当日到他家验尸时，容或检查还有欠仔细之处。卑职以为那个书房，至关重要，老爷以为应否再从新彻查一次呢?”狄公闻言，就在一个小箱中，取出陶干仿造的那把木头匕首擎在手中，对洪亮说道:“县中机密案情，你无不知，本县现在告诉你，丁案底细端倪，只是凶手如何运用这般细小匕首，以及如何进出书房，仍是完全不明。你刚才说那书房至关紧要，应再去勘查一次，甚有见地，那么本县明晨拟再去丁府一趟便了。”说罢命洪亮退下。至于明日狄公再访丁府，有何破绽可寻，且看下回分解。

第十四回

梅子含毒误杀老鼠

匣中藏印疑捕狂生

话说次日红日初升，天气清朗，狄公用罢晨餐，把洪亮陶干一齐叫来，三人便服缓步，走出衙外，趁着清晨气爽，朝市无尘，三人迤逦走来，不觉已至丁府。此时丁家正忙着开吊唪经，那里想到县太爷又微行减从二度来临！家人们看到，一边往里让进，一边往后通知。狄公等来到厅院，只见朱棺一口，停放正中，素帏白花，香炉宝幢。对面则高塔法座，正有十一个僧众，在那里撞钟击鼓，点罄吹笙，念个不休。炉内燃着檀木佛香，嫋嫋袅袅（注：疑为“娉娉袅袅”），芬芬馥馥，真有神歆鬼享之意。只是东廊放着一堆寿联寿幛等吉庆礼物，狄公一看，吉物不加收拾，为甚么仍放彼处，正感诧异，家人们忙道：“因近日忙着料理丧事，这些东西来不及搬走了。”这时丁贡生闻信，身穿孝服，自后匆匆跑出迎接，连声抱歉：“未克远迎，孝堂杂乱，县尊无以容足，至感不安！”狄公不及寒暄，只说道：“本县冒造尊府，因尊翁被害案子，日内即将开审，须再到出事地点勘查一番。今以衣礼未周，官身难以自主，恕不能到那老将军灵前吊祭了。公子丧务正繁，也请自便，本县已来过一次，即到书房再查看查看就是，请不必客气啦。”丁贡生闻言知趣，略为谦谢，便自行料理灵堂去了。

狄公来到后边，见县中派出看守两名公差，趋前报告称，自验尸后此间无人来过。狄公点了点头，带着洪亮陶干直到书房门前，开锁启封，推开屋门。狄公首先跨步走进，骤觉一股臭气扑来，狄公忙又掩鼻退出，即命陶干到前边去向僧众要了几根高香燃起，狄公接过香火，二次进入，香烟缭绕，臭气方消。洪亮陶干在门外等了一会，正要进屋，只见狄公拿住一根挂画叉子，上面挑着一个死老鼠，走到外面，将画竿交给陶干，命他将腐鼠找一个小匣子装起。洪亮笑了一笑对狄公道：“怪不得一股臭气熏人，原来是这只老鼠作怪！”狄公道：“你还笑呢！这屋中冤魂未散，老鼠也不是好生死去的咧。”说着陶干已经找到一个小匣，装起死鼠，于是三位先后都进入屋中。狄公进入后，手指着地上的一个小木匣子对二人道：“这是那装梅子的匣子，上次是放在桌上的，老鼠把它拖在地上，咬破匣子，偷吃了梅子，你们看那书桌上尘土，不是有好多老鼠的脚印吗?”狄公再用二指头把匣子拾起，仍旧放在桌上，那匣子的一角已被啮破，便轻轻把盖子打开，发现其中九个梅子已少了一个，于是对洪陶二人道：“这些梅子是有毒的，是凶手准备的另一种害人的东西！陶干，你在这屋中找一找短了的那个梅子，看见时不要用手去摸。”陶干果然在一个书架下面，找到一个梅子。狄公从衣袋里拿出一根牙签，挑起那个梅子，看见已被老鼠吃掉半个。他仍将残梅放回匣内，盖好了盖子，交给陶干，叫他用油纸包好，带回衙内查看，又把屋中周视一遭，倒也没有甚么可疑之处了，于是便吩咐洪陶二人一齐退出，命原来看守两个公差，照旧贴封上锁，他们三位顺着原路回归衙内。

狄公等进入衙内，来到内堂，喊人泡茶，与洪亮等二人饮茗少息，又命人传仵作到衙回话。狄公喝了一杯茶后，就说道："丁家这案子越发复杂了，凶手如何使用那样小的匕首还未弄清，又弄出一匣含毒的梅子来。那吴峰有一个心爱的女人，而丁贡生那里也有一个未可知的爱宠，一切是层出不穷，节外生枝，真所谓五花八门，不知从何下手了！"陶干接口道："老爷以为丁吴二人所恋的是不是同一个女人呢？假定如此，那么丁贡生总称说杀他父亲的凶手定是吴峰，用意在把姓吴的套入法网，因而消除他的情敌了。如此一来，他咬定吴峰是正凶这个原由，我们可以明白了。卑职所见如此，不知老爷以为如何？"狄公听罢，颇觉陶干所见有理，笑嘻嘻道："你的说法很有意味，颇耐寻思。"陶干又道："但是还有难测的呢！就是那匣梅子一定是有人亲手送与丁将军的，不然按照一般礼物送去，不见得丁将军本人便能收到。我们在丁家看到好些寿礼，都不是堆在廊下吗？就是一个证明。况且若是一匣普通礼品，而内中含毒落不到丁将军手中，岂不是倒害了他人？现在要特别追究的，就是这匣礼物究竟是怎样送到丁将军手内，这一点确与此案有重大的干系。"狄公道："此外还有一个最不可解的，凶手既然用匕首刺死丁将军，他何以不将这一匣梅子拿走，反多留了一个证据在那里呢?”陶干闻言，略一摇头，叹了一口气道:“如此复杂的案子，从前还未遇到过，除丁家案子外，还有倪氏画里的遗嘱，与钱谟幕后的那个怪客，如今逍遥法外，居然一丝线索也找不到！悬案如此，离奇诡怪，真是把我们窘着了。”狄公笑了一笑道:“昨夜乔泰到衙报告，他说把钱家上上下下的人通通盘问了，对于那个怪客，一点也查不出来。他们都异口同声的说那怪客总在夜间来往，缠头裹脸，就是双手也揣在袖里，也没听见过他发话，所以声音笑貌，无人能晓。”

这时仵作已经来到，狄公把这匣梅子的来由，以及毒毙老鼠的事，告诉了他，吩咐把一匣梅子和死老鼠一并拿来细心检验，是何种毒药。仵作遵命，拿着梅子死鼠就当在狄公面前动起手来。就见他打开自己带来的一个小包，取出皮夹一个，内装长柄各种样子的薄刃小刀。他拣了一把最锋锐的放在一旁，又从袖内拿出一张白纸铺在桌上，另用一把钳子将那老鼠啮过的梅子夹起放在纸上，用那把小刀把梅子的肉切下一小片来，再用刀压平，拿起纸来仔细看了半日，又向狄公请领一枝新笔、一杯开水和一根蜡烛。他用笔蘸（注：原为“醮”）水轻轻把那片梅子肉浸湿，另取一张薄的白纸，将那小片梅肉包着，放在手内，然后两掌轻轻合起一压，停了一刻，再把那片梅肉取出，纸上留了一个梅肉般大小的水痕。又见他燃起蜡烛，将那张白纸在烛上慢慢烘干，就见纸上透出一个淡黄色的印子出来。他用手在这块印痕上轻轻拂了几下，再拿到窗前照看了一会，大家都在一旁凝神注视。陶干见他走到窗前，他却好奇心盛，也随在他的身后同观，但看得虽清，却分辨不明。

只见那仵作端详一番后，回转身来，把那张有痕迹的白纸送到狄公面前，然后禀道："小的已经检验明白，这梅子里面确含有大量毒药，这种毒药，名叫藤黄，是一种普通颜料。这种毒汁是用一支空心针注到里面去的。"狄公把那张纸看了一遍，问道："你怎样知道那是藤黄呢?"仵作答道："小的所用的法子，是几百年来历代相传的古法，那是以毒的颜色和结粒为断定的。太爷只要留心看一下，便可见到这张纸上留着有一片淡黄色的痕迹，从这痕迹的颜色上就可以断定几分了。待到烘干之后，有黄色的地方透出一层很微细的颗粒，再用手轻触，自会查觉那是一种藤黄了。用这类法子，当然要有多年的经验，小的是以卖药为生的，所以知道此法。复因这片梅肉上面带有许多小圆点，故断定那藤黄是用空心针注到里面去的。"狄公听罢，点了点头，奖励了他几句，随即命他把其余的梅子也都验过，是否一样有毒。

当其余八个梅子取出之后，狄公顺手翻弄匣子，在无意中看见一张垫底的白纸，白纸上面，着有一片小小红色印迹，心中一动，乃加意细查，并喊出一声道："那有这样粗心的人呢?"洪亮陶干一听，也把头凑近同观，狄公指着那红色印迹道："这是吴峰一半的图章，很清楚的印在这里。"他把身向后一靠道："这上头已经有了两个引线牵连到那画家身上去了。第一，藤黄是画家常用的一种颜料，那是毒药，也是画家所熟悉的。第二，这垫匣底的纸，竟然印有吴峰的半个图章，这是吴峰往画件上盖章时，垫在下面的一张纸也着上了半个印痕，他却太不经心，竟用了这张纸垫在匣底。”陶干听了，高兴起来了，于是说道：“这正是我们所要找的证据了。”狄公这时默不作声，只待仵作把那梅子一一验过后，禀告了狄公，称是个个都含着一样的毒药。狄公于是拿过一张验单，叫他把检验的结果按项填好，打上他的指模，又奖励了一番，便命他退下，遂叫人即刻把冯差头找来。冯大来到之后，狄公下命道：“着你带衙役四名，立刻到长春酒店把吴峰拿到，扣押听审，不可有误。”冯大去后，狄公又吩咐洪亮等预备本日申刻升堂问案，狄公说罢，自到后面更衣去了。要知拿到吴峰后事如何，且听下回分解。

第十五回

月下寻踪画中爱宠

笔端寄意梦里恩情

话说这日午后栏坊县署锣声三响，县尹狄公升堂入座，审理要案。老百姓已一传十十传百，又复拥到衙前，都知道此日要审丁将军被害一案。那丁将军本是名宦大家，谁不注意？谁不想一观究竟？于是大堂前面，早又人海人山。就见狄公入座之后，首传丁将军之子丁贡生到堂。那丁贡生身穿重孝，跪在案前，狄公问道："你前次到县喊冤，控告谋杀你父亲的凶手是住在那长春酒店的吴峰，本县据状，连日侦查，已获有证据，今已派人将该犯拿到。可是案中的疑窦尚多，本县现即提吴峰到案，两造对质，各要依实说来。"

于是狄公发签提人，不一会吴峰提到，安安详详的跪在案前，从容不语，静候问讯。狄公先命其报出姓名居里行业等等，报完之后，狄公问道："如今有人告你谋杀辅国将军丁公，着你从速实招。"吴峰见问，不慌不忙供道："此事小人完全不知。从前曾听家父论及死者，他是因为贻误戎机，被朝廷革职的，但小的从来未见过他的面，以先并不知他住在本县。后来他的儿子到处散布谣言，诬称小人存意谋杀伊父，但在小人看来，只一笑置之，并未在意，也从来没与他计较过。”狄公听他如此说出，便问道：“照你所说，如果属实，那么丁将军何以那般怕你，以致他日夜在家，把自己关在书房里边？而且你若没有存心害人，何以雇用无赖常在丁家左右，肆意窥探呢？”吴峰见问，依然不动声色的答道：“关于丁将军他疑心害怕，自己日夜不敢出门，这与小的丝毫无关。他家内情，小的也无从知悉。至于雇人窥探一事，更完全不实，小的绝未如此，应请丁家大官人指出所雇是何人，自可当堂对证。”狄公道：“看你年纪轻轻，不要硬嘴硬舌，本县至少已经找到一个无赖，日后自会叫他出来与你对证的。”吴峰道：“如果有这样的人，那一定是姓丁拿钱所收买，预备诬攀小人的。”他说出此话，面色已经带出愤愤的样子来了。

狄公见他如此，想提出罪名，吓他一吓，逼他吐露真情，于是对吴峰道：“本县早知你仇视丁家，并非由于你们两家宿怨，实由你个人另有私情。你且抬头，当堂给本县把这个女子认出来！”就见狄公从袖中拿出一张女人的画像，只有面部，并无身形，这当然是从吴峰那张画上截下来的了。狄公叫声冯大，把画交给吴峰细认。狄公一面把画拿出，一面注视下面丁吴二人，只见他们听见“女子”二字，脸上同时变色。又忽见冯大手持画像，面色也变了苍白，颤着声音禀狄公道：“回太爷的话，这就是小女白兰！”此话一出，堂上堂下群吃一惊，互相耳语，顿感嘈杂。狄公喝断众人，心里也觉事出意外。乃对冯大道："你的事，以后再讲！速将画交给吴峰便了。"丁贡生听见是冯大女儿，心里似乎转觉沉静下去，只有吴峰更加诧异，由冯大手中接过那张画，只是呆看不语。

狄公见他如此，喝道："你把与这女子的原委与本县说明。"吴峰依然面色苍白，却也镇静，只说了一声："不能回覆。"狄公不由得怒了起来说道："此处是公堂，朝廷王法所在，（注：逗号原为"止"）为何不听命答话？"吴峰道："小的情愿受刑一死，亦不愿将此事说出。"狄公说道："吴峰！你藐视公堂，本县不得不用刑了。来人，重责廿大板！"并向冯大使了个眼色，只见冯大恶狠狠的正好出气，打这拐他女儿的一个死去活来，未曾理会狄公的眼色。狄公骤想不妙，赶紧止（注："止"原为逗号，与前注并观，疑为错排）着冯大，另换衙役执行。那吴峰挨了几板，依然硬挺挺的，打完后，已经受不住了，身子一软，晕了过去，打的板本不太重，只是一个少爷出身的画家，自然经不起了，于是衙役反正是喷水灌茶，一时苏醒过来，依然匍伏跪在案前。狄公吩咐他抬头回话，但吴峰仍是垂着头说道："我没有甚么说的。"狄公道："吴峰，你听我告诉你，你是一个年轻聪明之士，你不要如此糊涂！你与那女子的来往，本县早已知情，你还硬嘴不说，要试试刑法吗？"吴峰依然无语。狄公又道："本县只告诉你一件事，就是三宝庵和那女子会面，是有的吧？你要不要本县告诉你呢？"吴峰听罢，昂首怒容，朝狄公说道："县太爷你身为县宰，用刑逼供，因而陷害无辜。那女子已经失踪了，今天堂讯如此，简直要害她一死了！”说着，伏地啜泣不止。冯大这时关心自己的女儿，又见吴峰出言不逊，辱及县尊，只见他在旁咬牙发狠，紧握双拳，假若不在公堂，吴峰早被他一拳打死了。

这时狄公见吴峰如此，心里领悟了一些，乃问道：“吴生员，你也是读书明理之士，有话应据实供出，冤者必理，罪者必罚。你以为对本县说出三宝庵事件，必会使那女子发生意外吗？如果是这样，你应该早到本县声明，本县身为县宰，岂有任一个女子白白（注：原为“白白女子”）叫匪人掳挟吗？你料不到此，只出口不逊，顶嘴肆舌，姑念你年轻性急，不加深罪，但愿你从实招出，本县亦要缘情按法，得开脱的且开脱，得作主的自然作主，一切用不着你担心，只管说来！”

吴峰听罢，本来是因情惹恨，由恨生愤，既见狄公一片合情合理，确是父母官的话，又一想事已至此，秘迹已经揭穿，说出来算了，于是半爬半跪，低声说道：“在本城东门附近原有小庙一座，名叫三宝庵，昔年为高檀番僧所建，后因官道改变，那些番僧因而散去，此庙也就日趋荒废，住持无人，又因是夷产，附近居民渐渐把庙门殿户木料拆除，当作薪柴使用，只剩下壁画多幅，依然完整。小的到此地来后，各处闲游，想访求旧时佛像遗迹，有一天无意中看见这座小庙，虽然破烂，倒也清幽，除去观摩壁画外，犹爱那庙后荒园，衬着一片水塘，每逢月夜，辄到那里散步寻趣。大约在廿多天以前，在黄昏初更之交，酒后无聊，特意到庙后一游，去到那里，刚刚坐在一个石凳上面，忽见一个女子冉冉而来。”吴峰说到此处，略为一停，似有深感，少时又说道："那女子身披白绸长衫，头上也是白绸围巾，骤然一见若观音下凡一般，但面带愁容，盈盈欲泪，俊美之中，带着忧郁之感。那时不由自主，迎上前去。她一见小的，立刻后退两步，似乎很是吃惊，随即低声向我说道：'我害怕，你赶快离开这里！'小的向她深施一礼，要与她攀谈。她抠衣又退了两步，低声道：'我是一个孤苦女子，被人掳挟，不许我离开屋子一步，今夜是第一次大胆走出，现在就要赶紧回去，不然我的性命难保。你千万不可告诉人家，我日后还要再来。'她说毕转身，适彼时天上有一片乌云遮蔽了月光，庙后黑沉沉笼罩无光，只听一阵脚步声音，越去越远，少时云开月露，那令人一生难忘的倩影，却不知去向了。从那时后，在庙前庙后左右民家找寻了好多次，始终不见一点踪影。那夜月之夕，是永怀难释，自是每夜必往，在庙后逗留片刻，总想再见到她一面，可是终成梦想，一次之后，不再会面了，显然是被歹人囚禁起来的。如今事已揭穿，消息外露，说不定歹人将她除掉了呢！"说到这里，他又不禁落下泪来。

狄公略一寻思说道："你现在应当知道，不说实话，便铸大错。本县对于那个女子，自必尽力搜寻，也是责有攸归，但谋害丁将军的事，你还不直供出来吗？"吴峰着急道："我将来总会完全供出，现在还不能说，只请县太爷速速派人去营救那女子，或许来得及，稍迟就没有指望了。"狄公料他不会再说出甚么话，赐了一碗茶，打发二名公差扶掖，押回监中。狄公见他去后，又对丁贡生说道："你方才听见了吗？由于这案子，又引出许多麻烦，似乎这些情节与谋杀令尊并无多大干连，一切须候本县再事侦查，择期重审便了。”说完挥手退堂，丁贡生也随着众人散去不表。

且说狄公退至内堂，换了便服，命洪亮把冯大找来。狄公对他说道：“刚才那张画像，甚悔事前没有给你看过，实在没有料到，竟会牵扯到你的女儿身上。但还算幸运，你的女儿的事已有了一点眉目，本县即行着手搜寻。”狄公说着，写了手谕三道，发下用印之后，并吩咐道：“着你带公差廿名随同马荣陶干一同到三宝庵附近搜查，一切听他二人调遣。这三张堂谕授权搜查民宅，堂谕交给马荣执存。”马荣接过，乃与陶干冯大一齐退出。

狄公吃茶休息了一会，洪亮在旁伺候。狄公对他说道：“白兰下落有了，却是一件高兴的事。原来吴峰描画的就是白兰，怪不得与那玄兰竟有相似之处呢！早未留意，也算粗心了。”洪亮答道：“县里人们，唯一看出这一点的，确是那马荣。他当初曾说过，似乎曾看见过她，大概因为她像玄兰的原故吧。”狄公笑了一笑道：“自然，这因为马荣对玄兰似乎特别注意的原故，但是那白兰究竟沦落何所，按吴峰所供，他是以诗情画意的眼光衡量那女子，其实她所穿戴的，也不过是寻常衬衣罢了。所以她的踪迹，必是在那三宝庵左近一带，或是被登徒子所诱，或是被人贩子所拐，囚禁不许外出。假若外面宣扬，歹人知道消息外露，畏罪灭口，情急之时，杀机就难免了。说不定荒郊智井之中，或许有弃尸发现咧！”洪亮接口道：“这事总算摸着头绪，就是将来有了结果，似与丁案无关，怕将来还是要严刑拷问那吴峰不可!”狄公没有十分注意他那下面的话，只对他说:“刚才看见了一件有趣的事体，就是提到一个女子的时候，吴峰和丁贡生两人都带着愕然失色的神气，丁贡生似乎更加害怕，后来他听见冯大认出是他的女儿，面色才变好了些。就这一点看来，必是另有一个女人或与丁案有关呢！那个女人必是丁贡生寄情诗文里边的人物。”

他们二人说到此处，就见衙役报告太爷，玄兰在外求见，狄公吩咐进来。玄兰行礼之后，说道:“我找不到我父亲，才托差役代禀要见太爷回话。”狄公说:“好好，小姑娘你来得正好，我们正在谈论丁家的事呢！你看见丁家少爷是不是常常出去呢?”玄兰道:“他并不常出门，倒是他家的下人们，总盼望他出门，省得他在家找是非，胡指使，不许下人们有一丝偷懒。我还看见他在深夜里悄悄的在廊子下走来走去，在那里偷查工人们呢!”狄公道:“今早我们到他家去的时候，他有甚么情形呢?”玄兰道:“太爷来到时，我正在他的屋中，那时他们两口子在计算办丧事的用项，听见太爷来了，他笑着对他的太太说:‘我不是对你说过吗?他们那天检查太草率了，只看了一个表皮，一定忽略了很多地方，所以料到他必是再来查一次的。’他的太太似乎不大高兴理他，只是说了这样一句话:‘你不要老是以为自己比那县太爷还聪明!’他太太说完这句，他就出屋迎接太爷去了。”狄公听了道:“你做得很好！太辛苦了，现在用不着再回丁家了。我们今天方得到一点关于你姐姐的消息，已经派你父亲带着公差各处采访去了，他回来后，自有好信息带来的，你仍回内宅好好的休息去吧。”

玄兰听言，自是喜欢。她去了之后，洪亮道：“那丁贡生不常出门，真是稀奇了！小的还猜，他一定另有地点和人家幽会呢！”狄公道：“不过那些诗文，都是些旧作，也许是已经过去的事，留着旧稿，作为纪念，不忘旧的原故，此亦人情之常。只是玄兰所带出来的那些文字，看起来又像新作。不知陶干他也看出一点情节来没有？”洪亮答道：“大概没有。陶干很喜欢那些诗句，他用工楷抄出，一边写，一边不断吟哦，似乎怪有滋味似的。”狄公听了，便把陶干抄的那一份找出，见是工笔抄写在很讲究的诗笺上。狄公看了一遍，对洪亮说道：“这些诗都是一种题材，一般味道，不过是迷恋女色、自述多情而已。我且逐字念来，细细在里面寻出一些蛛丝马迹来才好，你且听道：

垂莲宝帐九华开，旖旎春光拢玉材。
任是纲常浑未省，卷衣留枕梦荆台。

凌波点点卧云身，粉臂酥胸态自新。
谁向广寒嗔桂影，一徽翻见玉精神。

银床冰簟散芳菲，不恃西来有异馡。
惯事轻离怀荡子，坐教秦女怨空帷。”

狄公念到这里，有些厌烦起来，一手把那诗稿扔在桌上，悻悻的说道："虽形容尽致，而体裁自卑，略解诗词，便入邪道。"狄公捋着髯沉思了一下，又把诗稿看了一遍。静了半日，才见狄公说道："你把丁府管家的口供找来！"洪亮遵命去找了出来，送至狄公面前，他老从头至尾，仔细看了一遍，仍交洪亮送回原处，自己却在房中徘徊不休。他忽然停住脚步，高声自念道："一个溺情违礼，居然混账到此种地步，丁家这案原来如此这般！人心之坏，一至于此，真太可恶，也太令人气恼了！"但不知这位县太爷何以骤然要说出此等话来，且看下回分解。

第十六回

入民家差头寻长女

游北里猛士煨羊羔

话说这日定更时分，马荣陶干和冯大三人在东门里值夜班房里聚齐，荧荧烛光，映出他们那异常疲倦的神色。原来他们把那一带铺户民宅，逐一搜查，找不到白兰一丝踪迹来。马荣把所带公差分为三队，由他们三人分别率领，各处搜查，先查铺户，告诉人们是奉县尊手谕而来，这些查过之后，再入民宅搜索。马荣这一队却驱散了几伙毛贼小偷，冯大这一队却驱散了一家赌场，陶干这一队却驱散了一对野鸳鸯，只是白兰的消息一无所得。陶干在一家媒婆店中，再三追究，媒婆子本是地方上拐带贩子的牵手，又是穿百家户的唯一俗客，但经盘问后只答一概不知。另外找到地保，按户口册子逐一点问，依然是白白费事耗时。他们三人跑了半城，累得个个喘不过气来，只得来到班房，略事休息，知道完全失望，事难成功。

这时陶干说道:“白兰被拐，事无可疑，大约拐子把她囚了起来，后来知道她私自到过三宝庵，怕她自己跑掉，或是外面知道风声，于是不使熟鸭子飞掉，赶紧送到勾栏里面，换笔钱算了。你们二位认为如何?”冯大听了，摇头道:“我想不会如此，因为我家住在这里已经好几十年，县里的人差不多都认识，勾栏中出入人多，嫖客中若有人见到她，必给我送信的。据我看来，此地媒婆子最多，一定是将她秘密的关起来，看看风头，再行处置。但要挨家逐户查起来，好多日子方能完事呢!”马荣道:“听说本城北里这个地方，我们汉人去玩的很少（注：原为“多”），是不是?”冯大道:“是的，那些都是下流货，玩的人全是回纥人，也不少塞外杂胡，女的都是从前此地风光好的时候遗留下来的。彼时有钱的胡商，大小酋长，都到这里来玩，而且那时很有不少的官妓。”马荣一听，就见他站起身来，紧紧腰带对他们二人说道:“我现在就到那个地方采访采访，我不带人去，省得惹他们注意，咱们晚上衙门里见面好了。”陶干捻着他面上黑痣的三根长毫，说道:“这倒使得，我们要赶快着手，明天全城传遍挨户披查的消息，事情就不易办了。现在你往北里，我到南里，此行不可白跑，放过这条路子，那就更难了。”冯大定要和马荣一起，他说:“北里一带，好人很少，你老单人独马，保不住要让他们暗算了。”马荣道:“你放心，对付这群流氓，我自有把握。”说着就见他摘下壮士冠，交给了陶干，另用一块半旧不新的布，把头扎起，长袍下襟掖在腰带上，双袖向上一卷，如此一来，简直是一个大无赖的样子。冯大还有意拦阻，马荣那里睬他，便大踏步走出来了。

这时街上行人来往络绎，马荣身高体壮，吐气扬眉，阔步直行，逢人不让，行路的人见他那样子，好似亡命之徒，那一个不躲他。马荣向北走来，过了鼓楼热闹之所，他心中有事，无意浏览，渐渐走入零落的街道上。屋矮民贫，铺户稀少，只路旁有些卖吃食杂货的摊子，疏疏落落，闪闪有些灯光。少时他转弯跨上城北官道，又复热闹起来了。这里行人汉回都有，衣服不同，言语各异，吵吵闹闹，令人眼花耳乱。马荣到了此处，混在这些胡人之中，却不显得有甚么异样，因为来往过客也都是衣冠不整，体大声粗。马荣左顾右盼，倒也新奇，随着进入了一条横街，见有几家酒店，全挂着五彩灯笼，各处送入耳中的断断续续、若远若近、忽高忽低的一些丝弦的声音，他知道这就是北里了。

他在各家酒店之前，缓着脚步，走了一两趟，左右看了一番，正在寻思要如何进内，便见有一个褴褛的汉子，自他身边走过去，又复转回来，笑嘻嘻的靠拢他的身边，低声和气的说道："这位爷想玩玩吗？此处的姑娘都是西边来的。"马荣打量了他一眼，见他眼儿歪邪，齿儿不全，耸肩缩背，一意周旋。马荣知道他是跑腿的，于是举起拳头，先照他的脸上一晃，然后说道："仔细些！我这一拳叫你鼻青脸肿，你也不会更难看了！你要带我一个好去处，价钱还得要便宜的！"于是拉了他一把，在屁股上踢了一脚。那人忙赔着笑脸道："当然，当然！斗大的胆子，还敢骗我的爷吗？保管没有错。"他把马荣带到一条小街上，两旁屋宇残留彩色浮雕，一看便知当年曾经繁华的所在。马荣见家家挂着布帘，一些倚门卖笑、艳抹浓妆的妇女探头探脑，用汉回夹杂的调口，招徕顾客。

此时那人把马荣已领到一家门口，也挂着两个灯笼。他一边让马荣进去，一边伸手要钱。马荣心想买卖未成交，先要小费，那里有这个道理！于是伸手抓着他的脖项只向门框上几敲，说道："等敲开门后再给你带道的钱好了，你想得个双份吧！"这时门里跑出一个赤膊光头的大汉，一个眼睛，一只跛腿，看了马荣一眼。马荣对他说道："这狗头带我到此，额外要钱，你们这里有这样规矩吗？"跛汉听说，喝了那人一声："滚蛋！完了事再分账！"于是将马荣让到屋中，只闻见一股腥膻味道，钻入鼻孔。屋的当中放着一个铁火盆，火焰熊熊，早有三个男子拿住铁签在那火炉上面烤着羊肉，随烤随吃，随喝随谈，屋中甚热，无不赤背汗流。每人身旁各有一个女人陪伴，也是敞怀露胸，蓬头束带，都是怪模怪样的。

跛汉看见马荣陌生，又是汉人，便先向他道："这里是一顿饭带一个姑娘，共收钱五十文，先钱后酒。"马荣也不答言，掏出一串钱数了五十文，放在桌上。跛汉伸手取钱，马荣却一把按着大声说道："吃饭有酒没有？"跛汉道："不带酒，要酒另算。"马荣把那人的手一推，说道："去你的罢！老爷不干了，我另找一家好了。"跛汉见买卖要跑，赶紧改口道："好的，依你，送一角酒好吧！"马荣听说有酒，于是让他把钱收起，也就学着他们的样子，把衣服脱去，向腰间一围，赤着上身，露出几处刀伤疤痕，那几个人一看，料这马荣也有些来历不凡了。

只见马荣本是吃不惯羊肉的，也拿起铁签，叉了一块羊肉，烤着吃了起来。那三个客人中有一个似乎已经醉了，搂着一个女人，口里哼着怪调，马荣见他周身削瘦，但却很坚实，似乎也有两下子。这时酒已来到，放在马荣面前。一个女人拿了一个三弦，咂哦啁哲的唱起来。又见一个女人自后门走来，裸着上身，赤着两脚，略有几分姿色，笑着坐在马荣身旁。马荣问道："你叫甚么名字?"那女人却摇头不语，原来她不通汉语。马荣便笑着对那两个回纥客人道："我跟这婊子交易，用不着说话了!"一个身形略高的人也笑了起来，对马荣用那半通不通的汉语说道："你这外乡人叫甚么名字?"马荣道："我叫荣盛，你呢?"那人答道："我叫烈洪，你的那个姑娘叫做狂蜂。你到这里来干甚么?"马荣看了一眼，用手摸了那女人一把，告诉他："我干这个来啦!"那烈洪冷笑道："单为这个也用不着老远跑到这里呀!"马荣听罢，生气的站了起来，知道他说话不逊，拿他开心，就用两掌抓起烈洪，往起一提，把他摔在一旁，骂道："你这狗头，有眼不识泰山！你凭甚么查问老爷?"那人爬了起来，两手抚头，看着他的同伴，打算找个帮手对付马荣。可是他人只顾用心烤那块羊肉，并不理会这件事，那跛汉一边剔牙，也是不在意似的。烈洪见风头不顺，又老实了下来，向马荣道："老兄，不要生气，我是因为你是汉人，很少到这里来玩的，所以才问你呢!"

马荣见他如此，也就算了，依然坐下，就与那女人纠缠了半日，大口喝起酒来，于是对那三个人说道："咱们一见如故，我的事不瞒你们，我是吃军粮的。十多天前，我在营中和一个弟兄吵嘴，无意中摸了他的头一下，那家伙就死了！我生怕遭冤，跑到此地躲避躲避再说。我们营里离此地有三天路程，带的盘费又不多，快花光了。如果你们这里有弄钱的路子，帮帮忙一块干干！”那烈洪听他这般说出，就用回纥言语，同那尖头尖脑的一个吱咕了一会。烈洪回马荣说道：“老兄，这里没有甚么事好做。”马荣故意道：“拐个女孩子换几钱怎样？”烈洪道：“这里销路不好，比前几年差多了！那时官道经过此地，市面热闹，一个女孩子可值一大堆银子，如今不行了，货多生意少，没有甚么地方添新人。”马荣道：“你们这里没有一个汉人姑娘吗？”烈洪道：“没有，你身旁的姑娘，还比不上吗？”马荣道：“没有甚么，我不是一定要找汉人姑娘的。”烈洪冷笑道：“你们汉人太骄了，都有看不起回纥姑娘的毛病。”马荣道：“我没有这种毛病，回纥的姑娘很随便，汉人太拘束了。”烈洪道：“那是真的，我们回纥人气力壮，比起汉人好多了，将来总有（注：原为“总有一天”）从西北打进来，征服你们全国的那一天。”马荣道：“你说的很容易，有我活着的一天，你想打进来，那是一种妄想罢了！”

烈洪扫了他一眼，又与他们一伙说了半天，先是摇头，后来又点起头来，马荣一句也听不懂。就见烈洪走到马荣跟前，推开那个女人，低声和他说道：“老兄，你要是有武艺，吃过军营的饭，我可以答应你入伙，帮我们干一点勾当，少不了钱花的。”马荣一听，好生奇怪，乃答道：“朋友，我干了多年的军营，刀枪棍棒，那样不精？三个五个的，也不容易近我的身子。”烈洪道：“好极了！不久我们和人家要交一回手，自然要得几个钱的。”马荣听说，向他伸手过去，他却笑道：“事情还未干，就要现钱，那里有？等一两天，出去做一号大买卖时，那时你要多少，有多少！”马荣道：“好极了，我一定入伙，可是我到甚么地方找你去？”烈洪听言，又向旁与同伴说了几句，乃告马荣道：“老兄随我来，我现在就领你见一见我们的头子。”马荣跳起身来，穿好了衣服，又拍了那女人一下道：“我马上回来。”说毕就同烈洪一同走出。

烈洪领路穿过两条又小又黑的巷子，走到一家破落大户门前，推门进去，进到一个屋中，空空洞洞的，只有几个木凳和一张床铺。二人坐在凳上，烈洪道：“我们在此地等一等，我们的头子少时就来。”说话之后不久，看见一个高高的汉子匆匆走进，见了烈洪说了很多的话，马荣便问烈洪道：“你们讲的是些甚么？”烈洪答道：“他告诉我，今天东城一带有公差按户搜查的很紧。”马荣一听，故作惊讶，说道：“我该走了！如果到此搜查，我岂不是糟了吗？明天再来罢。可是我怎能找到这鬼地方呢？”烈洪道：“你问那哦罗拉古计（译曰领袖）好了，到时会有人带路。”

马荣出来，便一直往衙门走去，进到衙内，直奔内堂。狄公一人正在沉思，见马荣进来，便说道：“陶干冯大已经回衙，他们搜查的一无结果。陶洪到南城一带，也没有头绪。据他们说，那里已有半年多没有接新人了。你到北里去，怎样了？”

马荣道："那边也没有找到拐卖女孩子的消息，可是另外得到一件怪事。"于是他将一切经过对狄公说了。狄公似乎不十分关心，只对他说："他们也许劫掠另外一个族人，你抢我夺，这是他们常有的事。本县明天早上要你随同查一查倪家的别墅，晚上你再到北里，看他们有甚么新鲜举动也好。"要知后事如何，且听下回分解。

第十七回

寡妇孤儿重来县署

贤官勇弁初探迷宫

话说这日狄公大早起来，进入内堂落座，准备亲往迷宫一查，就见洪亮进来禀道：“上次奉命找那倪氏母子，现在在外面候见。”狄公吩咐进来，倪氏母子进入行礼落座。狄公见幼子倪善，五官端正，聪明俊秀，硕长不像十岁左右的孩子。狄公一见，颇为喜悦。寒暄几句之后，狄公便道：“本县公务甚忙，于府上一案，尚未着手。那张画的隐微寓意，一时尚未十分明了。不过本县关于府上的情形，如果能多知道一些，那么著手便易了。如今请问倪公生前对于长子倪继看待的情形如何？若据夫人上次所谈，倪继这人似乎全无心肝，不知倪公生前知不知道他那些乖戾的性情呢？”倪夫人答道：“小妇人应该向大人说明，这倪继当他父亲在世时，本是不坏，不料后来竟变成一个残狠奸刻的人了，真是梦想不到的。先夫也常说，他勤敏能干，认为他是帮助管家的好手，就是小妇人在那时，看他小心奉侍他的老人，也认为他是一个孝子咧！”

狄公又问道：“倪公在本县是一个很有声望的人，生前友好，谅有几位，夫人必知道的了。”倪氏道：“先夫生前不喜交游，在县隐居，每早看看庄稼，午后便到迷宫里面玩个一时半时的。”狄公插问道：“夫人可曾一同去过吗?”倪氏道：“先夫说那里边过于潮湿，不让我们进去。他每次出来之后，总在后园亭子里边喝茶，然后读书作画。彼时与一位李夫人很有交往，先夫说她是一位很有天才的画家，时常请她来闲谈，我们三人总在那亭子里，谈些书画的事。”狄公道：“这位李夫人尚在否?”倪氏道：“大概还在。从前她住在离舍下不远，她常来看望我们。她为人很仁慈，只可惜出嫁不久，丈夫便去世了。在小妇人未到倪家之前，就与她认识了，到倪家之后，先夫很愿意我同她来往。先夫对人很能体贴的，他知道小妇人到了倪家后，他们人口多，素不识面，骤然到一个大户人家里面主持家事，一定很孤单的。为了这样，他虽然自己不好交游，他总替我找一个闺中朋友，所以他再三请她到舍下来玩。”狄公道：“夫人和那李夫人是不是自倪公去世后，就不大来往呢?”倪夫人闻言，面上微微的一红，答道：“这都是小妇人的错处。自从先夫去世后，我便没有看到她，因为小妇人被倪继赶出，自己觉得无颜见人，从那时起，小妇人便迁回娘家去住，再没有见着李夫人了。”

倪氏说到此处，很觉戚戚。狄公又问道：“那么倪公在这栏坊县就没朋友了?”倪氏道：“是的，先夫极喜清静，所以很少与人来往。只有一回曾对我说起，他有很相知的一位老友，是住在城外的山里面。”狄公忙问道：“那人是谁?”倪氏道：“先夫并未告诉小妇人此人的姓氏，我从旁看出他们交谊很笃，对他很关心似的。”狄公道：“此人关系甚重，本县想多知道一些最妙。”倪氏想了一想，说道：“小妇人记得他到舍下来过一次，似乎很奇怪。原来先夫生前，每月照例与佃农长工们见一次面的，有一次小妇人看见一个老庄稼人坐在院中，先夫一见便深打一躬的把他让到书房里面，关起门来，谈了好大半日。我看他非常面生，心里猜想，那一定是先夫所说的老朋友。他似乎是一位隐者，但后来忘了追问先夫了。”

狄公听罢，让了回茶，又说道：“倪公生前墨宝，夫人手里尚有留着的没有？”倪氏摇头道：“当小妇人嫁到倪家时，还不认字，并不留心在那些书法上面。后来先夫亲自教我读书习字，于是认得几个字，但是还谈不到鉴赏书法上面，因此先夫墨迹，并无见赐。但倪继那里一定有的，大人可向他要几张好了。”狄公听到这里，站起身来说道：“关于府上的事，本县一定设法究查，画中的寓意早晚必有水落石出的时候，请夫人放心。令郎像貌清秀英俊，是一个大器的样子。现在先请夫人回去听信，有事再请过来便了。”倪氏母子闻言，行礼退出，洪亮又送他们出去，回来禀狄公道：“倪公手迹，中书省定有存留，不难找到！”狄公道：“有是有的，只是京里往返要几十天才可，想那李夫人手里，必有倪公题画手迹，你访查一下住在何处，看她是否还在着。还有倪夫人说的那位老隐士，情形模糊得很，怕不易找到，也许早已作古了呢。”洪亮道：“今天午后，老爷打算审那丁家的案子吗？”洪亮有意探听狄公口气，打算知道那诗稿被狄公测出甚么线索来，只见狄公迟了一迟才说："现在尚未敢定，且等着查看倪家别墅回来后再说罢。你吩咐马荣也随同前去，并命轿夫备轿。"

少时轿子备好，洪亮马荣骑马引路，狄公乘上肩舆，直出东门，沿小路而行，经过两边稻田之后，渐渐走上山地。马荣逢人打听，别墅方向是右转一条小路，似是人迹不多、荒径久废的样子，蔓草夹途，轿子已不能前进，于是狄公下轿步行，洪亮马荣将马交与轿夫，随后而行。经过了几许曲折之后，抬头见一所大宅子盖在半山上，朱漆大门，破损不堪。狄公回头道："这样大门，如同没有一般，甚么人都可随便出入了。"洪亮道："不过这所宅子，是本县最稳当清静的所在，就是大胆杀人的强盗，也不敢轻易进来。因为此处闹鬼，所有城内外老百姓无人不知，也无人不怕的。"狄公走上前去，推开破门，走到里边一看，虽是满目荒凉，但仍可看出昔年堂皇富丽的样子。此时满园黯淡，松柏参天，丛生野草，凄静无声，连树上小鸟的鸣声亦稀，生人入内不免胆寒。马荣走在前头，用马鞭拨开荒草，以便觅径前进。走了不远，看到游廊环绕，甍宇居中，虽非楼榭，颇具奇观，只是年久失修，不免残瓦颓垣之感了。

马荣迈上台阶，一直走到廊子间，没见一个人影，喊了几声，只听声音的回响，并无答语。他们进入厅中，四壁冷落，仅仅有一堆残破家具，别无长物。狄公小心的坐在一把椅上，对他们说道："你们到后边找找那看房子的两口子还在不在。"

他们去了不久，便匆匆的跑了回来禀狄公道："老爷，那老两口已经死了！他们的尸骨还在后边。"狄公听了，实出意外，赶紧起身走出，让洪马二人带路，要到后面亲自查看一番。穿过一个阴森的走廊后，又是一座大园子，四围匝柏环松，当中一个小小的八角亭子，外边一棵大树下有一张竹床，上面直挺挺躺着两个死人，似乎死了几个月的光景，肉烂露骨，毛发披纷，两臂各交插胸前。狄公审视半日，说道："这对老夫妇倒像老病死去的，回头叫差役抬出，找仵作验过再讲。"马荣在旁道："这破旧宅子，如果中藏机秘，我们一定把它查出来的。"

狄公此时进入亭子里，窗棂尚有残纱零缣，如今只剩下四壁空墙，一张大案。狄公道："这张案子是倪公当年读书作画之所，那后面有一扇小门，不知是通到那里去的？"马荣向前推开小门，三人齐步走进，是一个用砖石砌的院子，左右树木丛生，迎面有一座用石砌的大拱洞，洞口上面铺着玻璃瓦，长满了青藤碧萝之属。洞前矮树多株，遮着石壁，门楣石额一方，上面刻着几行草书。狄公举目细看，对洪亮等说道："这大概就是那座迷宫的入口了！石额上面的字是四行韵语，写道是：

绕路环行，可逾千里；
心灵交通，不隔一纸。"

洪亮马荣也跟着上前看来，却认不得一个字。只见狄公端赏半日，说道："这几行草书，笔力飞动，高明极了！乃平生所仅见，只是苔蚀署款，看不大清是谁的名字。"于是狄公再走近一步，仔细辨认，原来是“鹤逸道人”四字。他说道:“这是一个新颖的别署，近世书家中，并无此人。姑无论这人是谁，由区区数行之中，足证古人论书有龙腾虎踞、惊蛇入草之势，言之不虚了!”说着便走进洞口。狄公仍是对那匾额题字称赞不已，马荣却低声偷偷对着洪亮说道:“还是写些叫人认识的字好一点吧!”

他们三人穿过洞口，见两旁各有老松一株，虬曲盘错，枝干交插，若门户一般。迎面古柏参天，浓阴密布，丛莽附根，藤条绕干，落叶旧草，堆布满径，一股潮湿气味，忽然刺鼻。旁有一松树下面竖石一方，上刻“进口”二字，后面便是一条隧道，往里望去，阴森杳渺，弯曲不测深浅。再向左望去，柏树丛中，乱石堆里，又有一块石碑，刻着“出口”二字。狄公凝情注视，辨不清那里面是藏着何种奥妙。马荣和洪亮站在他背后，一声不响，不免被此环境引起了一点惊惶。狄公再转身，凝视隧道进口，只觉得从那洞中吹出一阵砭人肌骨寒气，使他打了一个噤儿。此时并没有风，洞口外的树叶，连动也不动，他很想把眼睛移向他处，可是那洞口似乎发出一种魅力，把他精神吸引着。在神思惝恍之间，他仿佛看到那倪节度的修长躯体，昂然立在洞中隧道拐弯处，举起瘦瘦的手招他进去。狄公一看，毛骨悚然，赶紧闭眼定心，开了眼睛一看，幻象已没有了。他叹息了一下，低头俯视，忽然见了一物，几乎又打起战来，抽了一口冷气。原来在洞口尘埃下面印着一个小小的足迹，足尖内向，一若指示途经。

狄公对这个足印，深感惊奇不安，连忙回身往外走来，告诉洪马二人道：“在内容尚未弄清，预备尚未妥当之前，还是不要随便进去的为是。”说着又穿过小院回到园中，重见阳光，顿觉温暖。他仰望一株高树，向马荣道：“你能上去吗？要打算看出迷宫全景，除去到里边去外，只有登高一望，可以略窥全形。你姑且一试，爬到树上望望！”马荣说道：“这个容易。”说着脱卸长衫。只见他身形一纵，两手攀上一根树干，用力再往上一拄，全身已竟到了树身中间，连着如是两三翻，他已钻进乱叶丛中去了。狄公洪亮坐在树下等候，少时就听刷的一声，树叶同时簌簌乱响，马荣已是双脚落地，走到狄公面前禀道：“卑职一直爬到树顶，往下一望，迷宫全露目前，是圆圆的形状，占地好几亩，一直联到山脚下面。进口处有一短短孔道，此外但见一片树林互相交叉，绿蓊蓊，碧油油，浓淡不同，参差不等。除此之外，再看不见甚么了。只有几处，好似团团雾气上浮，里边或许有大小池塘的样子吧。”狄公问道：“你没有看见一些屋顶吗？”马荣道：“除去一片绿叶外，别无所见。”狄公颇觉纳闷，以为倪公生前不断在内逗留，想必有书斋画室一类的房屋，想罢起身，让马荣穿好衣服，一同走到外面。

狄公要把外面情形再看一番。他们穿过小亭，沿着走廊，来到前院，把大小房屋逐一细看，也都败落不堪，最后进入一个又暗又小的走廊内，陡然发现一间关闭好好的屋子，大家都称奇注目。马荣走上前去，用肩膀一撞，两扇门轻易的被打开。狄公走进屋中，举目四望，屋中只一面小窗，铁槛遮栏，再除一张竹床外，全屋是别无所有了。地上并无积尘，似乎新经打扫，小小所在竟与众不同。马荣洪亮也走了进去。狄公仔细看了看那铁窗和高高的天花板，说道:“假若有人被困在这里，难得出去了!”说着又顺手摸了竹床一把，并无浮尘，似乎最近还有人住过。洪亮道:“这里倒是歹人藏身的一个好处所。”狄公道:“你知道歹人可以藏身，好人也可以被困啊！洪亮，你要把这间屋子封起来。”说完又复查看一番，天已近午，不再见有甚么稀奇可疑之点，于是大家仍顺原路而回。要知后事如何，且看下回分解。

第十八回

老吏知根修谈隐士

都头设计巧捕夷酋

话说狄公回到衙内，命冯大带着公差去倪家别墅收殓那仆人夫妇的遗骨，交仵作验过回报。迨至午饭后，另把由乡绅介绍来的一个管档的老书吏找来问话。这书吏是栏坊土著，原是丝行出身，年已六旬开外，见县尊传见，那敢怠慢，进来行礼后，狄公让他坐下，问道："本县有一位隐者，你可知道吗？"老书吏答道："老爷问的可是那鹤逸先生吗？"狄公道："大概就是此人，听说他是常在城外住着的？"老书吏答道："是的，他在此地很有名，住在南门外的山上有些年了，没有人知道他的岁数，人人都称他为鹤逸先生。"狄公道："本县很想访一访他，不知容易不容易？"老书吏道："这事或不大容易，因为他是长年住在山里，不很喜欢见人。他现在是否还在世，本来不清楚的，因为不久以前，有两个樵夫看见他仍在他自己园内散步，敢则他依然是健在。他是一个很有学问的人，有人说他修道多年，不久就要飞升了。"狄公问道："隐居修道的人，近世特多，只是避世躲烦，不见得怎样高明。不过这位鹤逸先生，本县曾见过他的手迹，超然远俗，似乎极有修养的，本县颇想会一会他，但不知到他所住的山中，约有多远的路？”老书吏道：“山路不很远，小径盘曲难行，老爷若去，非步行前往不可。”

狄公听罢，乃命书吏退下。适乔泰进来，面带愁容，便忙问：“钱家出了甚么事情吗？”乔泰答道：“钱家倒没有甚事故发生，只是近几天来有几个兵，行径有点异样，鬼鬼祟祟，令人难测。把梁彪找来问过，他也有些觉得不妥，仅查出他们花的钱，比拿到的饷银还多，这些钱是由何处得来的呢？”狄公听了，略一寻思便说道：“这里边必有原故，不可轻视。且把马荣找来，把他所遇到的事告诉你，就可了然一些。”马荣找来之后，便把他在北里经过，又当着乔泰细说了一遍。乔泰听罢，皱了皱眉说道：“这里边必有蹊跷！前次我们传出去官军查边的消息，有两种影响：一是暗中助我们镇压钱某党羽，二是镇压夷匪觊觎本城的阴谋。不过他们是否目前还要伺机而动，则不敢定。”狄公烦躁道：“本县悬案莫决，已够麻烦，果然再有侵边劫掠之事，那就更难应付了！本县颇疑马荣所得的消息，里边也难免不是那钱某怪客所为。乔泰你估计一下，我们能有多少可靠的人可用？”乔泰道：“我们这里，靠得住的，不下五六十人。”说到这里，大家都沉默了一会，突见狄公拍了案子一下，说道：“尚有机会！乔泰所论正好提醒起来。马荣，你赶快设法，把昨夜所见的那个贼酋捉来，事要机密，不要惹人注意。”马荣听见令他捉人，分外高兴，便答道：“卑职准可办到，只是白天不好下手。”狄公道：“试着办去，只要不惊动旁人便好。如果他们人多不好下手，赶紧回衙报告，再另想办法。你们二人下去，赶紧商量妥当，要紧要紧!”

二人奉命退出，又秘密计议一番，于是马荣独自出了衙门，直向北城走去，到了北门大街，在一家饭馆门前止步略停，然后举步走入。他原是在这家饭馆最近吃过一次便饭，堂倌一见是老主顾到此，赶忙招待他到楼上僻静的一个雅座内落座，要好了酒饭，堂倌才下楼张罗。少时乔泰也找到，一同落座。马荣见乔泰已到，于是脱去官人外褂，摘下武士方巾给乔泰换上。他自己却用一半旧绸巾将头裹扎，揭起里衫下襟往腰间一掖，两袖一卷，辞别乔泰，匆匆下楼，轻提脚步，转身走到厨房，粗声粗气的喊了那厨子一声道:“喂，胖子! 给我一个油炸饼!”那厨子见马荣这般光景，的确无赖，就顺手扔给他一块。马荣说了一声打扰，便由后门小道溜出。那时乔泰独自吃喝起来，心中盘算吃完了会过账，趁忙乱溜走，他们那会认得，反正都是公差打扮就是了。

再表马荣来到鼓楼热闹所在，徘徊了一会，转身踅到楼洞下边，左右张望一番，见没有人注意他，于是悄悄踱上楼梯。因为天气渐冷，无人到此纳凉。马荣一看此层没有一个人，于是急步直升，来到第三层那里，走到之后，双门紧闭，上贴县署封条，并未加锁。马荣扯下封条，拉开铁闩，推门走入，见平放大鼓一面，尘土厚厚的，自是好久不用的了。马荣进来后，略看一过，又复反身下楼，把门依旧带好，便奔北里而去。

那北里一带荒凉景况，白昼更甚于晚间。此时虽在午后，家家仍未开门，以致街道清冷异常。马荣始终找不到他那夜去过的一家，最后只得踢开一家门户，迈步直入，看见一个女人卧在一张木榻上，女人见马荣进来只说了一声："哦罗拉古计!"那女人一听急忙跑到后面，拉了一个孩子出来，用手向外边比划了几下。那小孩子叫他跟着走，引他到了一个僻静所在，向一个小小夹道走进。马荣侧身跟在后面，不提防把衣服撕了一个大口子，这一来更衬出无赖的样子了。这时他忽听有人叫道："荣盛荣盛!"娇声娇气，好不耳热，侧目一看，原来就是那个狂蜂姑娘，从窗口招手，说了很多的话，只是马荣不懂。她一手揪着马荣不放，另用一手指一指小孩，再向马荣摇了摇头，意思是不要他跟那小孩前去，又用手向脖子一抹，表出一去必死的意思。马荣心里明白，只得也用手表出我有本事、一切不怕的意思，好容易胡缠了半天，温存了若许，这才放手。只见那小孩在前面远远的向他招手，于是他们又经过许多窄巷破屋，才看见一所小小房屋，独处在破瓦颓垣之中。小孩用手向马荣一指，径自去了。

马荣认得这正是那晚来过的所在，伸手扣门，有人应声"进来"，于是马荣大踏步走进去了。他进得屋中，看见一身材高大的汉子，手持一把牛耳尖刀，作欲投之状。马荣一看，知道回纥人的飞刀利，乃住足凝视，正思御防，只见那汉子开口道："原来是你呀！坐下吧!"马荣待他收起刀子，坐下之后，才跟着坐下，就问那人道："昨天晚上烈洪把我带来见你……"

他话未说完，那人便道："住口！你不把你的来历说清楚，休想出去，我的飞刀概不饶人。"马荣猜想他必是这些夷匪的头子，说的一口很好的汉话，于是笑着说道："我听说你老这里可以替我找点有油水的事做。"那汉子道："找钱不难，只要你能够卖命不要三心二意的。我看你还有点用处，不过你要仔细了，若有坏心，刀子就会插在你咽喉里边的，钱算甚么！你明白吗？"马荣连忙答道："那是一定的！你老须知道我现在的景况。"马荣话未说完，那人便拦道："够了，我明白，不用你说啦！你要听清，我只向你说一次，就是明天有各族的人在河那边聚齐，夜里攻城。本来早想占据这个地方，我们不愿意多杀人，所以迟到现在。这个地方去中朝较远，保住这块地方不算多，让我们占住也不算少，京里就是派兵遣将，也不值得，不像以前通西北大道那样重要的了。因为如果派了救兵来到此地，我们也已经弄得根深蒂固了。我现在打算先攻县衙，杀了县尹，一切早已妥当，只是对付守城门的要用你们汉人，这个差使，你干的了吗？"

马荣一听，大笑起来，说道："你老给我这个差使，可巧的很了！我有一个伙伴，正好帮助干这件事。他原来是标头，因为得罪新任县尹狄仁杰，乃弃职溜逃。这位狄某，利害的很，没有不怕他的。"那人道："你们怕他，我们怕他做甚？前几年，我还亲手杀过一个呢！"马荣恭恭维维两句，说道："如此说来，你最好跟我那伙伴见见面如何？他不但武艺高强，所有官军的虚实好坏他都知晓，有了他，比我十个都有用。"那人听了，似乎十分高兴，问道：“这人现在那里？”马荣道：“离此地不远，我们找到一个藏身之所，他白天不出来的。”那人道：“在那里？”马荣道：“就在那鼓楼最上一层。”那人道：“那个地方可太严密了，向来没有人去的，你把他带来好了。”马荣皱着眉头说道：“这太难了。他白天不敢出来，就是夜里他也不敢到这种地方来呀！反正鼓楼离此不远，我们一齐找他去好了。他一出来，容易惹人注目，走漏风声，咱们的大事，不也就坏了吗？”那人寻思了半晌，站起身来，把那把刀子拢在袖中，然后说道：“好，马上就去，你不要耍把戏！你在前边走，我在后跟着你，有一点毛病出来，我的刀子就会飞出去的，你还不知你是怎样死了的呢！”马荣把两手一摊，说道：“我既入伙，汉人们讲的是义气，用不着疑心我。只要你不向衙门说出我来，就心满意足了。”那人道：“朋友，只要不忘这句话就是了。”

于是两人起身出来，马荣在前，那人在后，走到热闹街上，在一个牌坊底下（注：原为“上”），看见那乔泰倚柱而立，悠闲在那里看来往行人，一派捕头公差打扮。马荣暗中耽心，乔泰要向我一招呼，后面的刀子可就到了，于是故意慢行，朝前直视。乔泰也早已看见，知道他身后跟着一个回纥汉子。马荣在前边绕过牌坊，又走了一会来到鼓楼下层。马荣假作张望，抽身进入楼洞，等到那人到来，便低声告诉他道：“你看见牌坊底下的那个家伙了吗？那是衙门里的人。”那人道：“怎么没有看见！少说话，快上去！”马荣依然在前，到了二层，看见了那撕下的封条，用手往上一指：“咱们的朋友就住在这上头。”那人往上看了一眼，把他那把刀子擎在手中，便命马荣前行，即刻爬梯上去，他紧紧跟随。马荣来到上边（注：此处疑漏“往”字）里一探头，便道：“好啊，这懒狗睡得好熟！”说着便匆忙爬到顶上，手指那面大鼓，向下说道：“你看他睡着了！”那人听说，依然持刀爬了上来，马荣等他头露脚下、身子尚未完全上来时，冷不防用尽平生力量，朝那贼头一脚踢去，只听哎哟一声，翻身摔了下去。马荣跟踪下来，看那贼人躺在楼梯下边，腿骨着伤，不能起来，但一手握刀，狠命向马荣掷来。马荣是个行家，那有不提防这一着的！他早一纵身窜到贼人背后，躲过飞刀，再朝贼人脊背一脚，这一下，就见贼人头破血出，爬伏在地昏过去了。马荣拾起刀子，将贼两臂反绑，知道大功已成，很坦然的走下楼，一直往牌坊这边走来。

乔泰仍然在那里等着，见马荣走近，也迎着走来，却一手扯着叫了一声：“那里跑？我如今奉县太爷的命令前来拿你，跟我到衙内回话！”马荣道：“我身未犯法，何事拿我？”乔泰说道：“你抗命不走，我就要打了！”这时路上围观的人颇是不少，认为他是一个为非作歹的无赖，谁来管他的事。马荣见到这般光景，心中暗喜，乃假作不得已的样子，对乔泰道：“好吧，跟你走这一遭。”乔泰于是要绑起他的双手，催着走路。马荣道：“你能让我先送个油饼，给我的朋友去吗？他现在病着呢！反正我跑不了就是了。”说着掏出油饼给乔泰查看。乔泰道：“你的朋友在那里？”马荣故意迟疑了一会，说道：“他昨晚跑上鼓楼，不提防跌了一交，脚骨跌坏，躺在那里不能动弹，我要留一点东西给他吃。”乔泰道：“正好，你们一伙，也叫他一齐到衙门里好了。”于是乔泰反绑马荣双手，并在一群看热闹的人中，招呼出来两个帮闲的，求他们找门板一块帮助到鼓楼抬人，同时知会地保到鼓楼聚齐。于是大家齐至鼓楼这边，乔泰把马荣交给地保，又把马荣的长褂子扯下，拿在手中，走上楼来，看见那个贼酋倒地不语，于是用长褂子将他头臂裹起，又撕掉他的一块头巾，将他口内塞满，然后叫人抬着下来，放在门板上。地保拉着马荣，他们随着在后，一齐进入衙门，打发地保帮闲的去后，才把马荣松绑，贼酋送入监房，伤口替他扎好，吩咐狱卒：“他醒过来后，登记姓名，赶快报告太爷得知。”

于是两人整整衣冠，齐至内堂，禀报拿贼经过。但他们走进之后，只见陶干一人坐在一厢，无事在那里打盹，却不见狄公。他们叫醒陶干，问了一声：“老爷那里去了？”陶干揉着眼睛答道：“他老在你们走后就带着洪亮出衙门去了。你们这样匆忙，贼人拿到了没有？”马荣道：“嘿，老弟，我们不但拿着贼人，还有那刺杀潘县尹的凶手也被我们捉到了！”陶干一听高兴，陡然站起向马荣道：“好伙计，你们算立下大功了，今晚该请我喝两盅啦！方才老爷临去，叫我把倪继传来问话，今晚还要升堂问案呢！”要知后事如何，且听下回分解。

语寓玄机赖兹逸士

第十九回

语寓玄机赖兹逸士

心通脉络幸有贤官

话说狄公这日用过午饭，见马荣乔泰出去拿人，他便一面翻阅文卷，一面寻思案情。他见洪亮在旁伺候，便放下文卷，长叹一声，对他说道：“此番马荣和乔泰如不能悄悄的将那匪徒拿到，则这个地方实在危险了！”洪亮道：“老爷自管放心，比这个难办的，他们都做过了，这一回一定可以手到擒来。”狄公停了一会，又说道：“他们两人此番也要费些手脚，一时不会就回。今日天气甚好，借此工夫到外面走一走换换心情，打算访一访那位鹤逸先生。”洪亮听罢，知道狄公每遇烦躁，便喜到外边逍遥一回，于是答应一声，吩咐差役备马，一齐便服冠带，上马出衙，直向城南走去。

出了南门，来到南山山麓，一看遍山茂蔚，树木遮满，红叶萧萧，秋意方兴。二位下马雇人代为看守，于是觅径步行，爬上山来。到了山顶，四下一望，爽目清心，与城内大不相同了，觑望休息一会，再往山后下去。小径荒凉曲折，夹溪水声，空林鸟语，显得格外岑静。经过一座山桥后，沿溪而行，遥见一家茅屋，半露半隐在一丛红树之中，下面一条草径，引他们直达到一片篱笆跟前。在小小竹门里面，又是花畦综错，掺杂于疏松山柳之间，秋菊多种，烂漫纷开，都含有幽芳自赏之趣。狄公一看，红尘之中竟有如此仙境，赞叹未已，来到一座草堂前面，茅茨土阶，垂青挂绿。狄公二人缓步轻入，见廊下有一老人，布衫素履，鬓发苍苍，箬笠盖顶，持着一把水壶，正在俯身灌花，一股幽香，扑人鼻孔。老人似未理会有生人到此，狄公赶叫一声道："鹤逸先生在家吗?"那老人闻言，抬头一望，并未答言，仅向屋中一指，示意让他们进去，然后放下水壶，绕到后面去了。狄公见老人脱略不拘，深表钦仰，于是迈步进入屋中。洪亮留在外面，沿阶坐下，正好休息。

且说狄公进到屋来，举目一看，屋中只有一些竹几木凳，几盆花草外，并无陈设，雅淡静肃，涤除了他一胸烦难，即坐了一会，也自觉恬静下来。他又一掠目，见正面墙上悬着一个小小中堂，写的是禅语十四字，笔力十分雄浑。偈曰：

出门只有两种路

蚯蚓钻泥龙上天

狄公看了又看，觉得中间虽是涵义超俗，只是不容易讲解。狄公刚要细看署款，这时后面布帘启开，老人已走了进来。他换了一件赭色布袍，光着头，手提着一壶沸水。狄公连忙立起深施一礼，老人一边将壶放下，一边略一还礼，分宾主坐下。冲茶待客，未及寒暄，老人先打量狄公一番，狄公也举目相视，见这老人二目有光、神足精爽的样子，心中已觉得此老的是不凡。就听老人开口道："寒庐野径，谢客已久，屈尊到此，倍惭不恭。"狄公连忙答道："晚生突造清斋，愿闻雅教，你老……"狄公说至此处，"老"字尚未出口，就见老人误"你"为"倪"，便插嘴道："啊！尊驾原是为倪府之事而来的！"狄公见老人听错，又说道："晚生姓狄。"可是那老人似未听见，只顾自己滔滔说了起来。只听他说道："是的，是的！倪守谦是我的老友，此人已去世八九年了！"狄公不好再拦，且任他说去，必也有些干系在里面。老人道："我那老友极有抱负，极肯用心的人。我与他自幼同窗，大概到现在快有七十年了。彼时太学同席，知他甚深，确是公忠体国，有重整朝纲之志。"说到此时，老人点头叹息，又端起茶来呷了一口。

狄公趁机说道："晚生亦久慕倪公为人，不知他老谢居栏坊后的景况如何？"老人似乎并没有听到他的话，只是啜茶不语，悠然自得。狄公也端起茶来，尝了一口，陡觉入口清香，沁心润脾，暗想这样好茶，亦是前缘啊！老人见狄公举杯细味，乃说道："这茶叶是昨夜置菊蕊中，今早菊开取出，涪以山溪飞泉之水，每一叶茶既饱菊香，更承朝露，故有是味。"说着又替狄公斟了一杯。于是老人略一沉吟，便接着说道："我与他离开太学之后，我则漫游名山大川，若人间野鹤，他却出而从仕，直做到节度，声名洋溢都中。他所到之处，除暴安良，兴利除弊，自认昔年壮志可达。不意忽然有一天，他觉得半生劳瘁，竟无法教好亲生儿子，于是顿生萧索，一切灰心，辞官回里，隐处田园起来。我们睽违几五十载，又在此地重逢，相与啸傲山林之际，亦可谓殊途同归者矣。”说至此处，老人不禁莞尔一笑。狄公见他白鬓红唇，贝玉一般牙齿，暗赞此人清福颐养，矍铄若此，真可钦佩。随后老人接着解释他这话，说道：“我与他取径不同，只有短长曲直之间，各有取舍而已。就在他去世之前不久，曾谈到这些道理上面，那时他就写了两句话在那里。”说着老人指着那幅字条请狄公看，并说道：“让足下品评他的书法如何?”

狄公移步上前，察看下款，原来是“静庐居士倪守谦”七字，字体和由画中揭出来的那张遗嘱，虽大体相似，但决非出于一手，所谓形似神非，伪造的东西显然易辨。而且“静庐居士”这个别号，一看甚熟。却是和在丁将军书斋里所看过的那一枝毛笔上面的款式完全一样。狄公心想到此，骤觉恍然，并很愉快，把心中藏着的疑团已思之过半了。归座后，恭恭敬敬的对那老人说道：“先臣遗墨，真为妙品。但在他老那所迷宫内，曾得瞻仰先生法书，亦是已入古人堂奥，非近世可求的了。”

那老人并不注意狄公的话，仍继续说道：“那倪节度的抱负太多了，觉得人生有限，不敷运行之感。虽归田之后，依然不肯息心，举凡有所施为，虽生时不足观成，亦不以为意。由于离群索居之故，特意建造迷宫一处，似欲幽锢自身，以便在内摆布胸中万千策划一般。”老人讲到此处，又自斟了一杯茶，狄公乃问道：“请问倪公生前友好多不多呢?”老人又不理会他，捋着长须微笑了一笑，说道："他饱经世故，依然抱着孔孟不失。有一回他送了一车经书与我，正好山居柴少，都用着烧火了！"老人说完，竟大笑起来。狄公正想婉言为经书申辩一下，只见老人不待他启齿，又说道："昔年孔子，志在天下，周游列国，到处干谒，忙忙碌碌，如蝇触窗，不稍停止。夫人所求愈多，则所得愈少，所图愈大，则所成愈微。孔子如彼其劳，而我这位老友诚所谓甚相似者也！"老人说到这里，便凝视了狄公一下，冷冷的说道："足下恐怕也是与他一样的人物吧！"狄公不防老人说出如此一句话来，竟吃了一惊，肃然站起，略一拱手道："晚生浅学，祈赐指正，心中正有疑难，要请教前辈。"老人也站起来说道："一有疑难，则疑难愈多，穷追苦索，无有已时，结果等于缘木求鱼，漏舟渡河。凡事之考究，宜由果以溯因，沿枝而求本，足下能如此，将来或有豁然贯通的一天。再会罢！再会罢！"狄公正想告别，老人已掀帘走进去了。

狄公只得漠然而出，廊下洪亮这时酣睡正浓，把他叫醒。洪亮一边揉着眼睛，一边说道："小人在此睡了一个长觉，过去久已忘掉的事情，都重新回到梦里来了。"狄公道："这里真是奇地奇景，又遇着了奇人，此行总算不虚，我们回衙门去吧！"于是二人顺原路下山。狄公一路行来，默无一语，洪亮忍不住问了一声道："老爷与那人谈话，得到些消息没有？"狄公微笑点头答道："已经得到不少情形。那张画的遗嘱确是伪作，倪公退隐的原因，以及丁将军之所以被刺，现在都了然于胸中了。"

洪亮听罢，不胜诧异，很想追问下去，看了看狄公沉思的模样，便不再开口。他们到了山口，找到马匹，一直回到衙内。

狄公进入内堂，见马荣在那里候着。他把拿着贼酋经过，除与女人纠缠一段不便提起外，原原本本，报告一番，并将贼酋包裹、未被人看见的情形，也仔细说出。狄公听他说完，自是高兴，并奖励他道："此事特别难为，你们做得很好，为首的既已捉到，用不着再担心了！"这时陶干也来报告，说倪继已经传到。狄公甚喜，就命洪亮转告倪继："只说本县正忙，一时不克分身，少时公毕，自去陪他便了。"又问洪亮："命你们打听那李夫人的住址，查出来了没有？"洪亮答道："此事已交冯大办理，因为他是本地人，各处都很熟悉，容易找到的。"狄公点了点头，又问马荣道："那件作把那仆人两口子验过没有？"马荣道："验过了，都是病死的。"

于是狄公叫人预备更衣，准备升堂，又对马荣道："你的武艺总算学到了最纯的功夫了。可是本县要问你，当初从师受业，你对于自己的师傅心情如何？"马荣似乎未曾在这上面留过心，想了一会，才答道："鄙师当日极有盛名。初学时专心致志，下了一番苦功夫，对于他老极其钦佩。在指示拳脚时，他那闪躲腾挪，灵巧便捷，任你横冲直撞，左右攻击，休想碰他一下。但是被他打着时，却很容易，指到那里，打到那里，百无一失，用尽招数，只是抵挡不过，心里固然佩服，同时不禁也有一点忌恨。"狄公听了笑道："老弟，你把我这时的心情很清楚的说出来了！本县方才在城外南山，遇到了一位道人，他的话使我心烦虑乱起来，又敬佩又忌恨。”马荣听了，不知所谓，只高兴狄公夸了自己几句而已。此时狄公冠带整齐，马荣赶紧打帘，于是再度升堂问案。要知后事如何，且看下回分解。

第二十回

中计陈词贼酋认供

摘奸发隐祸首成囚

话说衙内三声锣响，县太爷升堂审案。那时栏坊人民，都以为这日开堂并无要紧案件审理，因此走进的人，只不过三五十人。狄公升座下命，在审案中间，一概人等暂禁出入，于是发签把那贼酋提来问话。不一会，两个公差挟掖着番贼，一跛一拐的走上堂来，半爬半跪在公案之前，仍是不断呻吟。狄公命他先报上姓名田里。那人道："我叫乌尔金王子，属于回纥中蓝族一派。"狄公道："本县知道，你们凡有二十匹马以上的，便称做王子。此处是天朝地方，休得妄自尊大，而且朝廷容许你们归化中土，赐爵封侯，你们可汗亦曾昭告天地，宣誓效忠，永为不叛之臣。你们可汗尚且如此，你这小小乌尔金，竟敢如此自称。如今你阴谋攻城据土，既不忠于可汗，复犯天朝大法，罪无可赦，开脱不得！但如能据实招来，并把同谋汉奸，一一举出，容或给你留一线生机，从轻发落。"

那乌尔金道："我们回纥草原田野，被你们侵占攻取，已不算少，赶得我们无以为生。有些汉人同情我们，我们认为他们都是好人，他们的姓名确不能说出来。”狄公听罢道：“本县这里是问案，不是和你争长论短。你的右腿着伤，既然不能走路，左腿自也没有用了，一样给你打断，看你还讲不讲!”说着冯大会意，吩咐公差把乌尔金按倒，准备行刑。狄公向冯大只一点头示意，下面公差即动起手来，一棍一棍的打了乌尔金左腿。只听他喊叫半天，又嚷道：“你狗官不要忘了！早晚我们必有打进来的一天，烧尽你们的房屋，杀尽你们的男人，把你们的女子作为我们的奴隶啊!”公差再打了几棍，这时乌尔金已经力竭声嘶，公差又举起棍来狠打了一下，乃被狄公喝道停刑，并对乌尔金道：“你要放明白些，本县对你们的阴谋，早有所知。就是你们同谋的汉人，已把内中隐情通通供出，你还不吐实情，只是自找苦吃罢了!”乌尔金听了，恶狠狠的说道：“你这狗官！休说花言巧语，我乌尔金决不上你的当。”狄公冷笑道：“汉人总比你们聪明，他们假意替你们打抱不平，暗中自会向衙门报告。他们知道，后来衙门要论功行赏以作酬劳，你那里懂得呢!”

此时狄公已暗命冯大将倪继带到，正要向堂上行礼，骤见乌尔金躺在地下呻吟，暗吃一惊，呆呆站在那里。不料乌尔金也看见倪继站在一旁，立刻暴躁起来，大声骂道：“你这坏蛋，狼心狗肺，卖友求荣，恨不能把你吃掉!”倪继听了，连忙向狄公说道：“太爷，这人莫不是发狂，何以放肆如此!”狄公并不搭理他，仍问乌尔金道：“在这个人家里商量谋反，同谋是谁？现在可以说出来了!”乌尔金气愤填膺，咬牙切齿的说道：

“你们汉人中，有好多人同谋造反。他们贪钱，不至于坏我们的事，必是这姓倪的狗蛋，把我出卖了!”于是毫无顾忌，竟把三个店主和四个兵丁的名字，通通说出来了，更说出倪宅里两个武艺教师的名字。狄公命陶干一一在旁记下，另外吩咐乔泰到钱谟家里，把四名通匪的官军即刻扣押，再命梁彪带二十名兵丁即到倪家，把那两个教师拿到县衙，还有北里烈洪一伙也拿来，乔泰领命即去。

狄公这时乃和颜悦色对乌尔金说道:“乌尔金，你听着，本县一切皆秉公处理。关于教唆你造反，又卖友告密来害你的人，亦罪有应得，但你须要将谋杀潘县尹经过招出。”乌尔金听了，眉飞色舞，高声叫道:“报仇的机会就来了！你这县官听着:大概在四年前光景，倪继送我纹银十两，叫我到县衙告密，促县尹当天夜里亲去南城水门，逮捕钱谟，妄称钱谟已与番人勾通谋反，夜里在水门那里，约遇番人一个密使，要交给他可汗亲笔书信。潘县尹果然中计，那一夜只带一个亲随，跑出城去，叫我领路。到了水门，那个亲随就被我一刀结果，然后再一刀结果了潘县尹。倪继早已藏在河边草里等候了，他命我将尸身拖至护城河边。”乌尔金供到此处，向倪继啐了一口道:“现在我看你还得到甚么酬劳呢!”狄公听罢，命书吏将供录出，念给乌尔金听了一遍，便问道:“你是这样说的罢?”乌尔金点头承认，狄公遂命他在口供上按上指模，于是正色对他说道:“乌尔金，你自称回纥王子，到我大唐域内谋叛，事体不能算小，或许要牵连你们可汗，或者其他异族王子。这样边防事件，本县皆碍于权限，不能处理，应由朝廷考察，只有将你立解京师便了。”说完挥手吩咐冯大，即将该犯抬回监中，好生看待，听候起解，这时另传倪继上来听审。

倪继站在那边，听到乌尔金供词，已吓得面无人色，呆若木鸡，乍听呼唤，始一步一挨走至案前，双膝跪倒，口称：“晚生倪继叩见太爷。”狄公对他说道：“倪继，你身为名臣胤子，应如何自爱，保持家声，竟乃勾通夷匪，叛逆国家，自犯大辟，应处极刑。不过你先公生前，有功郡国，本县若为你善言开脱，尚有从轻发落之望。但你须将图谋不轨经过详情，逐一实招，本县再为你设法，不然国法俱在，你要三思!”倪继闻言抖作一团，一时说不出话来。迟了半晌，方才有气无力的供道：“犯人家内除回纥两个教师外，别无同谋。原拟举事时，再告知家人攻城之事，就是那四名兵丁，亦不清原委，只用钱买通，嘱其明天夜晚，在钱家哨楼举火为号，伪称抢劫金铺，举火惊人，以便从中下手。其实用意要给对河番兵一个信号，外边他们渡河攻城，里边由乌尔金烈洪等人打开水门铁栅，放他们进来。”

倪继迟迟钝钝的说到此处，狄公说了一声：“住口！你不必多说，明日再行续供。本县先问你，倪府君藏在画中的遗嘱究竟放在那里去了?”倪继不意又有此一问，越发惊恐，抖了半日始答道：“因为那张遗嘱是将所有遗产全数田园房座二般平分，与罪犯之异母弟倪善各执一半，于是心头一愤，将它焚毁了，另假造一张，改由犯人全部承受。自以为如此一来，千妥万妥，再无纠缠的了。”狄公听罢，怒形于色，责他道：“你这人不孝于亲，不忠于国，伤天害理，好事贪财，自作聪明，罔顾道义。你所为的一切，又何能瞒得过本县呢！现在先将你收监，再候处理。”狄公于是命人即行送监，严加看守，说罢退堂。

狄公来到内堂，换了便服，略为休息。只见乔泰进来，禀称所有犯人概已捉到，只偕梁彪搜捕烈洪时，同伙竟敢拒捕，由梁标头将他们打倒后始能就擒。狄公听了，奖励了几句，乃向大家说道：“明天早晨叫梁标头带十名兵丁，将乌尔金等四名回纥犯人押解去京，按站加紧遄行，不可稍迟。那三个商贩和四名兵丁留县处理。”狄公吩咐完了，喝了一口茶，又说道：“现在所有祸首一网打尽，不会再有意外的变故出来了。”乔泰说道：“如果在战场交锋，对于回纥们亦不可轻视，他们善骑善射，只攻城本事，就提不起来了。他们看不见明晚烽火信号，自不敢轻举渡河。”狄公点头道：“想是如此，不过准备万一，这责任就全交给你了。”

狄公说到这里，眼望着洪亮马荣乔泰陶干那四位得意的随员，又微笑的说道：“你们从前不是说了政简刑轻，无事可为，闷得发慌，如今也就够你们忙的了！”洪亮也笑答道：“当日向这栏坊县进发时，老爷曾说过，到边境难免会碰到非常的事情发生，现在老爷的话算是应验了。”狄公道：“我们来此不足旬日，怪事层出不穷。回想起来，最可虑的还是那钱谟家的怪客。钱某一切似乎都由他一人操纵，这人一天不能落网，我们一天不能安顿，到现在方才放了心，因为那人已经拿住了。”洪亮插口说道：“那人莫非是倪继吗?”狄公点头答道：“就是他呀!”大家听了异口同声称妙。陶干问道：“今天我们听了乌尔金招供之后，才知道钱某家怪客一定是那倪继。可是大人事先如何猜到是那厮呢?据我们看来，原来并没有甚么线索呢!”狄公捋着长须答道：“你的话固然不错，表面似无迹可寻，不过其中却有了两点可按。其一是那个人，必是一个对于内外公私，大场面，小过节，都很通达娴熟的，故绝非胡种，必是汉人。其二是那个人所住的地方，必距钱谟的家不远，黑旗一招，那人必往。关于第一点，起初怀疑到或许是吴峰，因为他年轻志浮，倜傥不羁，有意利用钱某在此地的势力，以图霸占一方。况且他原为将门之后，自然谙习内外政情，不是最合怪客的身份吗?”洪亮说：“老爷所见高明，关于吴峰还有一点可疑，就是他倾心番画，一意想到外国去。”狄公道：“正是这样，可是我后来又想到吴峰住所离钱谟颇远，而且他住在一个酒店里，出入人多，他打扮的怪模怪样易被人注目。尤其据马荣所说北里的情形，知道拘起吴峰后却与番人袭城举动毫无影响，便知怪客又决不是吴峰了。”

狄公说至此处，又向乔泰微笑道：“本县之所以料到倪继这厮身上，也多仗你提醒的呢!”乔泰闻言，茫然不解。狄公道：“你还记得那次我们散布官军调到的风声时，你不是说，运用这种计策，可以发生两种影响吗?后来由此想到倪继叫家人习武艺，虽说是可以御番，也可以说是准备作番兵的内应。自从疑虑到倪继身上之后，便随时留心他的情形，觉得他样样都和那怪客相符。第一他的先人曾为显宦，他出身于阀阅之家，对于政况人情自然娴熟。第二他所住的地方离钱家不远，钱家门外竖起黑旗，他一定容易看见，来往不遥。据此两点，再事细推，可疑之处更多了。例如他原怕番人袭掠，何以偏要移住到城的西南方面，靠近水关？那本是一个险境，而且他的旧宅也是宏敞宽阔之所，原是在东城东门内，去敌远而安稳，遇有意外，还可轻便出城，跑到山上去藏躲。他偏不如此，反去避安以就危。更有，他把钱谟手下一个武艺教师夺去，以钱某那样跋扈的人，为甚么并不和他计较？总起这些原因看起来，倪继原来就是指挥着钱谟的军师，想割据一方，称尊道霸的人也是倪继，并不是钱谟。除了这些证据外，还有一点，是我后来曾领悟到的，就是钱谟确也明明白白的把他说出来了。”

狄公此言出口，引得大家相顾愕然。洪亮不由己问道：“老爷，他是甚么时候说出来的？为甚么卑职们都没有听见呢？”狄公知道他们必有此问，笑了一笑说道：“自然你们未曾注意！你们还记得钱某临死的情形吗？彼时叫他把杀潘县尹的凶手供出，他瞪着眼睛，勉强用力，只说出一个字来，跟着便气绝身死。那时我们都以为，他说出的是一个‘你’字，其实我们全未听懂。一个人到将要死的时候，自知没有力量说话，一定想用最简捷的几个字，表示出最关切要的意思。他所说的是一个‘倪’字，仅想把倪继的名字说出来罢了，可惜一字出口，竟已断气了。”大家听了，霍然顿悟，陶干不禁以拳抵几，连声称是。狄公又道："其实本县要对你们坦白自承，所以澈悟到此，实乃全得力于那位鹤逸先生的启示。当在山中最初相谈之时，本县恰有一个'你'字出口，老人却断章取义，论到倪家上去了。当时以为他是听错了，到如今反省深思，才觉出他老每一句，每一字，都有深意存乎其中，因此我不敢断定他是听错了，还是故意将我所说的'你'字，改成'倪'字呢！"

狄公说到此处，屡捋胡须，似乎仍在玄想的样子。洪亮等人不敢开口，歇了一会又听狄公说道："本县明日，就要把倪继这案结束。倪继勾结外番，据谋反重罪以定谳，则谋杀县尹，自无需再审了。至于丁家案子，也拟同时了结。"大家听狄公最后一言，又是惊讶无已，同声问道："那杀丁将军的凶手，可是谁呢?"狄公见问，又不免笑了一笑说："丁家的案子，本县也已全部弄清了。此案经过固然离奇，那知道杀人的凶手早经亲自署名，毫无所讳的了。"洪亮插嘴道："老爷，不用说了，必是吴峰那厮了！"狄公笑道："明天你们自然知晓是谁的了！"说罢狄公喝了两口茶，然后说道："现在一切总算清楚很多，获益不少，可是还有两项烦恼人的事件在此。一个是比较急切的，就是白兰的失踪。另外一个似可稍缓的，就是倪公遗画的隐意。最不幸画里原藏的遗嘱，已被倪继销毁，倪继却是身犯重典，朝廷一定据此将没收倪家全部遗产，怕倪夫人母子任何东西分不到手了。假如不澈底明了画中隐意，寡妇孤儿，倚恃无所，太可怜了！"

大家听言，都点头称是。于是陶干问道："在起初时，谁也不知道倪继与劫城的事有关，只知道他是倪家母子争产的被告而已。大人为甚么老早就特别那样注意了他呢?”狄公答道：“索性告诉你们吧！当初特别注意倪继的原因是如此的，因为本县生平对倪公这位前辈异常钦仰，那年进京应考进士时，曾把他做县官所破的案子，凡是能够找得到的记录，都钞存起来，朝夕揣摩，用备来日为官，以资借鉴参考。后来又读过他的几本奏章，对于他的忠君爱国之忱，除暴安良之迹，益发钦佩，认为是当代楷模。曾屡次想近瞻丰采，不过那时为地位所限，机遇甚难，以致亲教无从，彼时他已做到刺史，而本县尚未登仕版，只不过是一个太学生而已。后来听说他突然挂冠归田，不明白他急流勇退的原因何在，心里颇感失望，甚欲探究他为何骤然如此。直至来到这里之后，不料发现档案，有倪家争产一事，私喜迟至今日，始获接近这位名宰良机，似乎他的神灵有了感召一般。”狄公说到这里，凝神注视在那墙上所悬的画轴。过了一会，他指着画又说道：“本县已经决心，要把画中隐意解释出来。自得倪继招供以后，这张画的关系，便分外要紧，要凭此画去维护那孀妇孤儿，好有部分遗产断给他们。这个责任在本县身上，不然任那母子流离，更对不住他老人家了!”

狄公一边说着，一边走到画前，细细凝视一番。洪亮四人同时立在他的后面，也在看那张画，帮着寻思。就听狄公念道：“虚空楼阁。”随着又说道：“当他老先生画这幅山水之时，他对于徒有才情而失掉德性的大儿子，一定要感到如何的难过！本县对于这张画的一笔一划，都已熟记心中。原以为在那所古老别墅，可以略得线索，应有助于了解此画，但是白白跑了一次，却又毫无所得。”他说到此处，突然沉默了，抬头又复把画端详一番，然后回头望着大家，捋着胡须，欣然欲笑，再对他们四人说道：“有了，有了！痛快之至！画中用意原来如此！”狄公此时神气飞扬，叫着洪亮等四人道：“贤弟们，好啦，好啦！明天此案都可一并解决了。”狄公领会奥意到底如何，且看下回分解。

第二十一回

谋叛元凶直供诡计

忠义大汉详报军情

话说次晨黎明，公堂大门前聚集数百人。倪继被捕之消息，已经遍传了全城，而回纥王子被逮，又引起无数谣言。狄公上堂之时，来听审的人早已拥挤满堂。狄公落座后，捋着胡须，沉思了一会如何审问倪继。他深知倪继赋性狡黠，善于幕后操纵，但是一旦拉到光天化日之下，大概不会再图狡诈。当倪继被带上之时，狄公一看，便知果然不出所料。倪继垂头丧气，与前判若两人。

狄公喝道："倪继！你昨日已招罪，现在你把阴谋本末照实供出。"倪继低头供道："小人即今生无望，亦当照实禀告大人。先父在世时素知小人不肖，屡次教导，但是小人不肯悔改，反而满胸怀恨。小人野心甚大，欲利用塞外胡族占领栏坊一县，以建立横跨国境之独立国。反叛如能成功，小人想再臣服朝廷，请敕封号，为一国之君。"倪继说到此，长叹了一声，随着又说："小人颇通内政外交，只是未谙练兵战略，故遇到钱谟，知他正是个好帮手。他原是敢作敢为的人，天性猛戾，对于小人计划，欣然协力。小人先劝他自立为霸，教他怎样贿赂县官，怎样对付朝廷，以巩固权威，一切计谋，圆满发展。钱谟盘据此地以后，朝廷并不干涉，任他胡作胡为，于是小人实施第二步计划，与回纥酋长暗相勾结。某日小人写给回纥可汗的密报，误落潘县尹手里，因此知非赶快下手不可。小人命可汗族弟引诱潘县尹到水门外河畔，将他杀死，那人就是如今被擒的那乌尔金王子。钱谟为这件事大发脾气，怕朝廷要派官军来此问罪，但是小人教他怎样办下去，到底并不曾出事了。小人当时本来想实行全盘计划，不料回纥可汗听到官军征北，大败胡匪，忽然胆怯起来，再不肯参加阴谋，因此不得不把时期延下来。小人派乌尔金去和三族酋长联络，直到近日，才准备停妥，三千多胡兵，随时可以在河畔齐集，只要小人暗开水门，预备城里内应，便可占城。正当约定举事日子，不料大人就率领一营官军到来，把钱谟拿获，解散了他的一切打手（注：原为“打手一切”）。这时小人，一来怕阴谋泄漏，二来也怕不久便有大队官军调来，势成骑虎，只可铤而走险。今夜三酋骑士，要集合河畔，只等钱家哨楼举火为号，便渡河攻城。”

倪继说到这里，堂下众人哄然大哗，栏坊人民至此才知道，形势险恶，几经危殆。狄公一喝，把众压下，向倪继问道：“三酋骑士一共有多少人?”倪继道：“弓箭手二千名左右，另有步兵数百名。”狄公点头，便向文案做了一下手势，文案将倪继供词，朗诵一遍。倪继印上指模之后，狄公说道：“古人有言，‘孝立则忠遂’。你始于不孝，终于不忠，犯了谋叛皇朝大罪，本应凌迟处死，惟或因倪公功劳，从轻发落，亦未可知。此事仍待圣旨传来。”倪继听言，默然不语，狄公叫冯大带他回监房。于是狄公对众说道：“不用恐惧，本县已把阴谋之元凶和其他国贼一概捕获，今夜胡匪看不见举火讯号，必然不敢来犯。但本县为预备万一，已下令布置一切。今日黄昏时，各区地保再有通告怎样协力防范，以备不虞。”堂下众人一听此言，欢声雷动。

狄公把惊堂木一拍，便宣布审问丁将军被刺一案，先叫冯差头把吴峰带上来。当吴峰跪下时，狄公从袖内拿出一个小盒，掷给吴峰，问他：“有没有见过这盒?”那便是狄公在丁家找到的那盒甜梅，原被鼠咬的一角已经补好，原有的毒梅也已换上好的了。吴峰看了一会说道：“那可不是市上常卖的甜梅吗？照上面写的字看来，就是一件送人的礼物。”狄公说道：“正是，就是送人寿礼。你把里面甜梅尝一尝吧!”吴峰闻言，似乎诧异，随便挑了一颗，一下子放进口中。狄公看他吐出核来，说道：“好罢！你站在后面去。”说着他叫冯大带上丁秀才。狄公对他说道：“先公被刺一案，本县已经查明。此案甚离奇，又甚复杂，详细枝节，虽未敢说弄得十分清楚，但本县对吴峰的控告，先来审判。现在业已查明，丁将军之死，实与吴峰绝不相干，因此告吴峰一案，就此注销，吴峰无罪开释。”丁秀才闻判，默然不语，堂下众人不免惊奇，并出喃喃语声。那吴峰听到无罪省释，并无喜色，立刻向狄公问道：“禀问大人，白兰失踪一案，现在如何?”狄公摇首示意。那吴峰再不作声，回转身子，用两肘推开众人走了。

这时狄公在公案上拿起一枝红漆毛笔，忽然以笔管上端，对着丁秀才说道:“这枝毛笔，你曾经见过吗?”丁秀才仔细看了一会，便点头答道:“生员记得，这一枝笔是先父几年前给我看过的，说此笔是一位大官送与他，作为六十岁寿辰贺礼。当时那位大官，自知余日无多，所以先期送了。生员不知那位大官是谁，但是先父把此笔看得异常宝贵，锁在古玩箱里，生员后来一次也没有看过了。”狄公凝视他一会，说道:“本县告诉你，刺杀先公就是此物!”丁秀才闻言，呆然不语。狄公从袖里拿出一根小棍，高高举起，让堂下众人都能看到，然后对丁秀才说道:“这根小棍，是仿照先公喉上刀柄造成的，长广完全相同。”说着狄公将小棍一端向笔管顶上插进，进去了半寸左右，再也插不下去了。狄公便把那毛笔递给马荣，叫他用力把小棍塞下笔管中。马荣费了些力气，才把全部塞进去，跟着他以拇指压着笔管头顶，默然望着狄公。狄公便叫他伸手，让人家都看得清楚，然后吩咐他把拇指迅速移动。马荣闻言，突然移开拇指，只见那小棍像箭一般从笔管里射了出来，一直射有四五尺高，才落地下。

狄公微笑，把身子向椅背一靠，捋着长髯说道:“这枝毛笔，其实是一件精巧的杀人器具，管中暗藏一条南洋藤丝，绕成弹簧，制作的人先把这弹簧插了进去，以细木棍用力压下，压到最紧处，便拿黄蜡或皮胶煮融，浇进管中，等冻结后，把木棍拉出，藤丝卷子便胶住在笔管底上。”说到这里，狄公打开了一个小箱，小心的拿出一柄小刀，说道：“这就是刺杀丁将军的毒刀，刀柄恰好做了笔管中心一样大小，刀片打成半圆形，以便和笔管内壁相配，所以插进成毒刀之后，从管顶再也不会看得出来。”狄公把笔放下，再说道：“数年前有一个人，将此笔赠与丁将军。他预料将军初次用此笔，一定会拿笔头在烛焰中稍烧一会，以去余毛，那时管中黄蜡或皮胶融化，那条藤丝伸张，立即会把小刀弹出，射出来时，十之八九，必中人面或喉头。小刀射出之后，管中藤丝贴着笔管内壁，谁也不会再看得出来。”

丁秀才听到这里，异常惊惧，厉声问道：“送此笔是谁？”狄公答道：“那人自留署名，在笔管上，不是有刻‘静庐拜祝’四个字（注：原版缺印“个字”）吗？”丁秀才问道：“这‘静庐’到底是何人？生员从来未听过此别号！”狄公点头答道：“本县昨日才知道的，这原来是刺史倪公守谦的别号。”此语一出，大众哄然。狄公把惊堂木一拍，然后说道：“今天倪家父子都到公堂，一是生人，一是精灵。丁秀才，你一定明白令尊犯有何等罪案，以致要由倪刺史来判决死刑。无论如何，本县决不能追控死人，所以现在宣布丁将军被刺一案于此终结。”狄公说完，立起身来，袖手退堂。堂下众人鱼贯退出，都交口赞颂狄公，打破奇案，实为显宦。

市民散去后，冯差头回到班房，看见吴峰在那里等候。吴峰急忙说道：“咱们得立刻商量个办法，找到令爱才是。”冯大答道："先生为了小女，曾受不少辛苦，感谢莫名，小的自恨现在另有公务在身，马上要办，请先生就在此休息，小的回头再来。"吴峰正想阻止，但冯大已匆匆的去了。冯大跑到大门，他看丁秀才出来，冯大对他说道："县太爷还有话和你说，请先生随我上内堂去。"丁秀才闻言只得重新走进衙门。

狄公坐书桌后面，四位亲随陪侍在旁。陶干刚才把那笔管锯开，果然发现一团黑蜡，狄公一看便说道："这是黑蜂蜡，产在天竺，稠黏如漆一般，倪公可不是博学多识呢！"狄公看见丁秀才进来，皱了皱眉，便叫四位都头暂时到外面去。洪亮马荣陶干如言出廊外，惟有乔泰说道："禀老爷，准许卑职奉陪！"狄公凝视他一回，便点了点头，随着捋着胡须，默然看了丁秀才一会，遂开口说道："丁秀才，本县不肯在公堂责骂先公，以免他旧恶宣扬。其实令尊当时何故挂冠，本县早知崖略。那时本县在京都，曾做过档案编纂员，关于先公的卷宗都是看过的。按先公那一年领军北征，不知何故，曾陷害了全营兵士。此事虽无证据，但那时吴峰之父吴将军，已搜集有不少事实，指令尊有罪，只是因为朝廷不要暴露军机，只好叫他自行告退，便算了事。后来因朝廷没有拿他治罪，倪公立志躬行天罚，以雪被害全营旧恨。本县不敢评论倪公此举曲直，只想对你表明，此事本末早已明知而已。"狄公说着，丁秀才始终低头不语，不敢一语申辩，乔泰也一言不出，面孔苍白，凝视狄公。

过了一会，狄公接着说道："本县说完令尊旧案，此后便要讲到你自己身上。”乔泰听言，自请退出。他出去以后，狄公只管捋着胡须，一时没有说话。那丁秀才看见狄公不语，抬头偷看了他一眼，那知狄公以火焰一般的怒目正注视他。丁秀才连忙低头，再不敢仰视。狄公忽然冷笑，向他喝道:“你这狗才！抬起头来，看着本县！你胆敢把你的狡计用到本县面前来，难道本县还会被你的伎俩瞒过吗?本县告诉你，设计以毒梅害死先公，并不是吴峰，而是丁将军的亲生儿子！那吴峰刚好在你企图杀父时来到栏坊，你想利用他，以遮掩阴谋。你到处散播谣言，说吴峰此来拟杀令尊，你同时常窥察他的行动，趁他外出，偷了他的印纸。”

丁秀才听到这里，嗫嚅着想申辩一两句，只见狄公拍案，厉声喝道:“住口！听本县讲下去。祝寿那一夜，你把毒梅一盒藏在袖里。你送了他老人到书房门前，令尊拿出钥匙，打开了门，那管家便先进去了，点上桌上蜡烛，你就趁此机会，一边拿出梅盒奉与先公，一边跪下向他请晚安。那盒子上写着祝寿等字，所以你并不说甚么话，以防被那管家偷听。令尊接了小盒，大概谢了你一声，便放盒袖中。刚在此时，管家从书房出来，他看了先公的手，正在袖口，还以为他正在收藏书房钥匙。先公道谢时，管家以为是回答你请晚安的。那管家没注意，从他走进书房那时起，经过点上蜡烛的时间，然后再出来，在这一段时候，先公总不会一直把钥匙老拿在手里，等到管家出来，才放回袖里去的。那管家自己没有注意此点，但是本县考察他的陈述，就知道了你那时递给了毒梅。”丁秀才闻言浑身颤栗，只听狄公接着说道：“你谋杀老父，但是他不是被你害死的。先公还没有揭开那毒梅的小盒，倪公精灵已经下手了。”

于此狄公歇了一会，只见丁秀才呜咽着说道：“生员何以会谋杀自己老父呢？”狄公闻言，突然立起，取出那一卷诗稿来，厉声骂道：“你这不成器的蠢才，还敢来骗本县吗？你自己写下些甚么？这些诗稿，可不是你自己的供状吗？甚么‘谁向广寒嗔桂影’，甚么‘一徽翻见玉精神’，这两句不但暗指那淫妇，连你们俩可恶的通奸都活画出来！你家中婢女，早已报告本县，说先公四如夫人胸前有黑痣。既是证明在此，你还有甚么话说吗？”那丁秀才闻言，默然低头，不敢再作声。狄公转身走到书桌后面，坐下大椅，再开口时，声调不复像刚才那样严厉，只听他淡淡的说道：“本县原来想把你和那淫妇拿来问罪，不过已经于事无补，徒然张扬你家丑事，所以本县不想如此做。丁秀才，你知道园丁养树，用甚么方法吗？如果一枝枯到中心，他便斩去那枝，免得全树枯死。现在令尊业已去世，你也无子，所以丁族这一家最好要斩伐，免得全族腐败了！丁秀才，本县要对你说的话至此为止，你可以回家去了。”那丁秀才听了这番惊心动魄的言辞，早已觉得六神无主，只得惘然走出，径回家中。

狄公正想到上房休息，忽有乔泰独自进来。狄公看那忠心大汉，心里痛快些，指着小凳叫他坐下。乔泰不等狄公询问，只见他滔滔的把自己经历往事陈述出来。他说：“十年以前，丁护国将军统领八千官军出塞，征北方胡匪。当时胡匪兵力，比官军强不了多少，如果交战，官军可以得胜，但是丁将军胆小如鼠，不敢前进。他派人与胡头商量，用贿赂买他退兵，然后回到朝中报捷。胡头答应，但说非要杀得几百官军的首级，拿回证明入寇中原不可。那丁将军竟然丧尽天良，与胡头定了密约，于是下令左翼第六营，次晨开到前线一山谷驻扎。那第六营共有弟兄八百人，由梁营长统率，他部下有八个队长，每人带一百兵士。梁营长秉性勇烈，虽暗想位置不利，也只好立即从命。那里知道一进那山谷，二千多胡兵已包围来攻。官军奋勇接战，但众寡悬殊之下，无法打退胡匪；终至兵尽矢穷之时，全营悉被屠杀，那梁营长与七个队长，也都为国捐躯，只有一个队长，被胡匪长矛打晕，坠落马下，不省人事。他到半夜才醒，只看寒芒之下，尸横山谷，八百勇士，他竟是唯一余生，只得回本营报告。谁知他到原来驻扎一处，人马绝迹，丁将军早已上京报捷去了。这队长经过千辛万苦，一个人回到京师，便把北征事实尽告朝廷。但是元帅说，这事已经了结，丁将军已辞职离京，劝那队长别多管闲事。从那一天起，那队长抛掉头盔和战袍，只留宝剑，誓要手刃那丁护国，为八百枉死勇士报仇雪恨。他改姓变名，加入一团绿林弟兄，好些年漫游四方，要找那姓丁的国贼。然后他有一天，遇到了一位贤官，蒙他教以做人处世大义。”

乔泰说到此，慷慨下泪，泪痕满面，连话再也说不出来了，狄公也感动到形于面色，过了一会说道：“乔泰，上苍不让你的宝剑沾上国贼血污，现在另有一人替你把丁将军处死了。不过本县深知，你心想回到军营，为国宣劳，所以不会再把你羁留在此。本县想写一封荐信，荐你去谒京师黄元帅，他一定可以派你做个营长，但是未知你意下如何?”乔泰闻言，莞然答道:“卑职情愿留在老爷身边，等老爷荣升到京官，不再需要卑职之时，再另谋出路。”狄公闻言甚喜，说道:“好的！乔泰，你就依旧跟着本县，为国家效忠罢!”说着就到上房休息去了。要知后事如何，且看下回分解。

第二十二回

吴峰画师当面提婚

贤明县尹潜心搜秘

话说当狄公斥责丁秀才时，冯差头正和吴峰在班房长谈。那吴峰一心挂念白兰，把他自己的苦恼，似乎完全忘记了。冯大向他叙述丁将军被刺的事实，吴峰心不在焉，听了一会，便插口说道："我对丁家的事，毫不介意。我只想怎么才能把令爱找回来，以后我要请一位冰人，向老丈提婚。"冯差头闻言，不免诧异。他心里对这英俊少年颇有好感，不过他是一个懂得礼节的老成人，所以他以前奉洪亮命令，叫他去访李夫人住址，他并不敢亲自出马，怕一个男子四处打听妇人，将损害那女人的名誉，就吩咐了次女玄兰替他去探访。此时冯大听到吴峰的率直言词，觉得不好意思，便换了题目说道："我想大人明天要另想办法寻找小女的，今夜先生何不把白兰的像貌画出四五张来，以便分给各区地保，让他们遍城寻访？"吴峰闻言马上叫道："好极了！我就回去画吧。"他起身时，冯大拉了他的袖子说道："吴先生，你还没有和大人告别，谢他替你洗刷嫌疑之恩呢！"只见吴峰迫不及待，一边说道："后来再说吧！"一边挣脱冯大的手，一溜烟的跑走了。

再表狄公此时休息了一会，在内堂草草吃过午膳，却叫洪亮去召马荣乔泰陶干三人，齐集内堂。四人列坐书桌前面，狄公将他和丁秀才所讲的话，对他们说了一番。陶干听罢，摇头说道："像这样复杂的案子，真是卑职从来没有遇见过的！"狄公笑道："表面上此案似乎复杂，但你一旦把头绪清理之后，事实就了如指掌了。总而言之，一共有三件案子：第一是丁将军被刺，第二是倪家母子讼案，第三是冯白兰失踪。此外打倒钱谟，发觉倪继阴谋，以及解决潘县尹被杀旧案，只算是旁出枝节，其实与三件本案，并无直接关联。"

洪亮听到此，不住的问道："由此看来，查出的许多事情都足以证明吴峰有罪，请问老爷，那时何以对他迟迟不决呢？"狄公答道："本县初次会见丁生，就觉得他有嫌疑。当本县和马荣在街头遇到他，表白姓名时，丁生吃了一惊。他那时大概一时想放弃毒杀老父的计划，但是他后来又想，他的策略可以万无一失，这才决定仍可实行。后来丁将军果然被刺死了，但丁生对于此事，茫然无所知。本县今晨上堂，特意把那枝毛笔顶端直对着他，可是他毫不动容，这可以证明，他并不知笔管中的秘机。当他发现老父被杀之时，心里一定起了不少疑团，谁是凶手呢？是否知道他与庶母私通，以及他的毒杀亲父的阴谋？而日后会否向他勒索巨贿呢？丁生这样的耽忧，不待言而可知了。后来丁生又想把杀父罪名套到吴峰头上，他就可以脱出自己的嫌疑，而同时更不必再担心他将来会被人勒索了。丁生自以为妙计，但是其实他这个策划并不能瞒着多少人。”

陶干闻言，接口说道：“卑职倒是真被那丁生瞒过了。在我看来，一切情状都好像吴峰是下手的人。”狄公说道：“不错，不过所有证据都有点布置太过火了。那吴峰原来是个聪明少年，同时他是个上等画师，此种心情的人，通常总是马马虎虎，对日常事故不大留意的，如果一旦有事引起他的兴趣了，却能专心致志，远非常人所能及。如果他决意毒杀一个人，必不会用藤黄这种作画料的毒药，同时也绝不会误用他的印纸去衬毒梅盒子的。”陶干听此，恍然大悟，点头说道：“吴峰的无辜还有一点证明，就是他在堂上毫不经心的吃下一颗梅子了。”狄公说道：“正是如此。现在本县要依照种种情节，顺次告诉你们。当受理丁生案件那一天，本县即立刻去访吴峰，想将原告和被告两个的性情，来对比一下。见了吴峰，看出他为人脱略无町畦，说老实话，像他那样意气的人，倒不是本县所喜，不过同时，他绝不会是一个蓄意谋杀的人。那时本县便认定，凶手另有其人，料想丁将军平生必有不少私仇。后来本县查阅丁生诗稿，以及吴峰画本，知道二人同爱一女子，则此二人，或为情场对手，所以丁生非要害吴峰不可。当时本县万想不到，一个儿子竟会害杀生身老父。刚推断到此，忽发觉此两人并非同爱一女子，于是只得追究丁生何以要诬害吴峰，必然是丁生自己想谋害伊父，而以吴峰李代桃僵！因此，本县当时推断，丁生曾安排两种诡计来谋杀伊父，一是毒刀，一是毒梅，后计为备前计不成时之用。但是毒刀怎样用法，和丁生要害伊父的缘故，这两点那时还完全不知道。后来本县从玄兰所找到的诗稿，发现丁生所以要杀老父之原因，至于刺死丁将军情状，那时仍无端倪。如果杀死丁将军的人，不是自己署名于那笔管，本县恐怕至今日还不知道他是谁呢！更没有想到那小刀就装设于毛笔管内。直到拜访鹤逸道人，才知道倪公有‘静庐’一别号。本县一看鹤逸道人所藏那副对联，就想起来了丁将军的笔管上，有刻‘静庐拜祝’四个字。又听陶干提起用管吹箭的话，由是记得丁将军书桌一烛台，地位不合适，明明是写字之前曾经移动，于是把这些事实联贯起来，就悟到谋杀的密机，必在那枝毛笔里头。发觉此一线索之后，其余遂迎刃而解。”

乔泰听到这里，开口问道：“丁生如果不自裁，怎样才可加以处置呢？”狄公冷笑答道：“那本县就要把他和庶母两人都拿来拷问，看他们俩敢不供咧！”狄公说着，怒行于色，少时再说道：“至于第二件案子，那就是倪公遗嘱。”说到这里，狄公便举头注视对壁挂着那倪公山水画，沉思了一会，又说道：“暗藏此画裱边里的文件，原是倪公假作，以欺大儿，免得他把这画轴完全销毁。你们现在就晓得，倪继果然发现了这个文件，便换上了一张他自己假作的，才把画轴还给了倪夫人，这就是倪公妙计，算是成功。其实倪公真正遗嘱之秘奥，就寄托在此山水里，只要此画保存，则他的遗嘱，永远不会丧失，并且终有被人发现之一日。”狄公一边说着，一边起身行到画前，四位都头也都和他一同去看那画。狄公说道：“本县早已想到，此画景物，和倪公城外别业必有关联，所以便要亲自去探访一下。”陶干闻言，皱眉问道:“请问老爷，怎样看出这种关联的呢?”狄公答道:“那可不是有简单的线索吗? 就是别墅和画轴都是倪公逝世之前所特别注意，苦心设法，要求永远保存的。对于画轴，他也费许多心机，使倪继不将其销毁。对于别墅，他留下遗命，严令倪继千万保存原状，故知二者，必有关联。本县当初想，此画景物也许是那别业的草图，暗指屋中复壁，倪公遗嘱就藏在那里，但是察看那所房子时，又觉得别业营造与那画中山水毫无相似。直至昨夜，才发现这张画的真义。”

狄公说到此处，手指画轴微笑说道:“你们将此画景物布置，细加端详吧！此幅画中有好几所新房屋，沿着一条山路，只是右边有一楼甚大，位于小河之边，好像无路可通。本县认定了这个大楼别有用意。再者，你们再看那画中树木吧！每一家都有树林掩映，却画得颇为草略，只有那些松树，每一株都画出树干树枝。如果细加察看，更要发现那些松树数目，似有次序:山顶有两株，沿着山路则有三株，再下到山路与小流交接处则有四株，溯流而上，在大楼侧便有五株。足证这松树是用作引路记号的。但是暗示那一条路呢? 本县沉思了半天，才知道画里山顶那两株松树，应该指示倪公别业后面的迷宫门口。你们记得门外有两株松树吗?”

陶干听到这里，突然有所领悟，失声说道:“正是！照此看来，这张画不是别的，就是迷宫的草图。”狄公点头说道:“画上景物，确然暗示迷宫中有一条路，可通到其中一个秘密之地。你们都知道，倪公生前每日都要进迷宫去，消磨二三个时辰，可知其中必有凉亭或者书斋，以便读书写字。画中那大楼一定暗指那秘密之地，倪公遗着的重要文件，也一定藏在那儿。不过本县却以为，那亭子或书斋，不是沿着迷宫正径可以达到，不然，无论何人如胆敢进去迷宫，早晚一定找得到，那就没有甚么巧妙了。所以你们可以留意画中那条路，从山顶起到大楼有上下两段，上半是一条山路，下半是一道小溪，倪公为甚么把那条路分为陆水两段呢?”马荣插口说道:“他大概是有意如此，使人莫测高深吧!”狄公摇头说道:“不是，倪公在上下两段路相接处，画了一道石桥，可不是要提醒看画的人，从这里起路径大有改变?换言之，本县想在此处，应该离开迷宫正径，而另寻一条秘密捷径直达那秘密所在。就是说，那秘密之地不位于正径，而暗藏于那些园道的中间。”

陶干闻言点头叹道:“那真是再好没有的秘密机关，比一个堡垒还安稳些。如果你不知道那捷径，你在迷宫里巡行一年，也休想把那书斋找出来。”狄公说道:“正是!不过懂得捷径的人，则可以在片刻间走到那里去。倪公是每天都进去的，他当然不要走长途，所以他设造了那条捷径。”洪亮听到这里，沉思了一会，便摇头说道:“如果我们进迷宫之后，沿着正径前往，可以查明那捷径的进口吗?”狄公答道:“那不会有难处，画上不是画得甚清楚吗?我们现在依着画中眼线尝试一下:山顶小门就是入口，由此而下石级，走到第一岔口，向左向右都没有关系，反正两边都要走到第二个岔口。此岔口左边画着三株松树，示意由此应该向左转。沿着左边的那条路再走下去，便到石桥。于此就必离开正径，那四株松树暗示捷径入口正在第二树和第三树之间。从此地起，小溪就是捷径，沿着小溪而上，就可到一处，有五株松树，两株在左，三株在右，那就是倪公秘密书斋了。”狄公指出画上那大楼，以后随即转身，回书桌后坐下，对四位亲随说道：“如果推测不十分错误的话，那秘密书斋里头，就可以找到一个铁箱，或者一个柜子，倪公的真正遗言，一定在此。”

狄公说完，便歇了一会。洪亮赶快倒了新茶，狄公喝了一杯，再说道：“倪公遗嘱一案，如此可以了结。至于第三案，就是冯白兰失踪。在三案之中，这是最棘手一件，本县曾费许多功夫，结果竟是一无所得，不知要到何时才能找到那女儿！今夜再得商量办法，以打破此谜团。”狄公说着立起身来，吩咐乔泰道：“下午你去布置本城防务，预备夜里胡匪果真渡河来攻，也可无虞，洪亮马荣陶干三人都随本县去探访倪公别业。”要知迷宫秘密如何，且看下回分解。

破迷宫亭中获真迹

第二十三回

破迷宫亭中获真迹

见血印榻下露残尸

话说狄公一到了倪家别墅，那荒凉寂静、久无人烟的所在，忽然热闹起来了。一些官弁衙役，把外边围了个水泄不通，把里边搜查殆遍，可是找不到可疑之点，发现不了甚么诡秘机关。狄公此时带着洪亮若干人，已来到那座迷宫前面，大家都站在一座石门外砖阶之上，敬待狄公吩咐。就见狄公说道："看这迷宫里道路，料无多长，必须放胆一探，方知究竟。我们马上进去再讲。但是每隔两丈，留下一人，以便前后呼应，互相关照，须使前进有路，后退有根。"更吩咐马荣道："你持矛前导，大家跟踪而进。我不相信里边有甚么陷人的勾当，不过蔓草荒径、颓垣败瓦之间，保不定那些毒虫野物暗地滋生，必须小心。"说完由马荣在前，狄公在后，率领众人，直向迷宫门口走了进去。

但见阴森气冷，曲曲弯弯，一股霉气先着鼻头，越走便越窄，才容两人并肩而行，夹壁乱石嶙峋，灌莽丛棵，七横八竖，沿着这条小径两旁，若铁壁铜墙，让你无法超越（注：原为“越越”），而且上面藤萝满布，俨然一架天棚，条蔓低垂，拂头着面，大家至此都伛偻而行。马荣见树干石崖，蕈菌满布，顺手横扫一矛，纷纷落下，放出一些刺鼻滋味。狄公掩鼻说道：“马荣，少去动它，这些似乎是毒菌咧！”说着大家仍鱼贯而行，随处置岗，只是见不到一棵松树，正在纳闷，恰巧向左一拐，正见有松树三棵矗立面前。狄公高声道：“妙，妙！这就是第一个眼线了！”就听马荣嚷道：“老爷当心！好大的蜘蛛！”狄公闻言，忙着侧身一闪，只听拍搭一声，一只手掌大的蜘蛛掉在面前，混身是毛，杂着若干黄色斑点，目闪绿光，马荣早已一矛戳了下去。大家吃了一回惊，都把衣领又紧了一下，依然前进。

又走了两丈多远，狄公命大家停步，用手指道：“看看！这里是四棵松树了，这是我们第二个眼线了。我们要在第二棵和第三棵之间，找出另外一条暗路进去，不再沿着正路走了。”就见马荣持矛拨草，正在凝神找路，忽然他回身推了紧跟着的狄公一把。这时乱草之中，刷的窜出一条三尺多长的赤炼大蛇，向树下石隙中钻了进去。马荣嚷道：“这是块好所在，只是这条毒蛇，却未曾描在倪公画里头咧！”狄公道：“所以我叫你们在出发前，都要紧束衣裤。到了这个所在，头上脚下，自然少不了这些怪物的，随时当心罢！”说着马荣照旧找了一找，不久果然树石当中，发现仅可容身的一条小径。马荣道：“路找到了，请随我来！”就见他拨上拨下走进之后，身形全隐蔽在丛林中，后面的狄公洪亮和陶干等人，也都走了进去。

一路上披荆斩棘，小心翼翼，经过没有好久，又复到了原来的正路上。却见右边有一拐角，左边一条直路。狄公先欲命马荣向左那条直径走去，继又摇头道:“捷道小路，不会包括多远正路在内，还是向右试探一番。”于是马荣向右走去，刚绕过那拐角，就见五棵老松分峙左右。狄公高兴指着道:“这里一定是了！那座隐密的书斋，必是去此不远，按着画上暗示，大概那条通到书斋的捷道，就在两棵松树一起栽着的一边。那捷道入口，应该就在两树之间。至于对面那三棵在一起的，似乎凑成五株之数，大概没有甚么深意。”马荣听言，立刻拿着长矛在两棵松树中间翻腾，拨弄了半日，果然找出了一个进口，径自走了进去。不一会儿，就听他骂着，又复退出，原来他已弄了两脚污泥，向狄公道:“里边那有路可通！除去一片死水塘外，别无他物。”狄公略皱了皱眉道:“塘边必有小路，因为照着画里眼线推知的一切，都经证实，难道有错吗?”

这时就见冯大等持着佩刀，顺着马荣所找出来的路径，把一些丛草矮树，纷纷砍伐一个干净。只见一片黑水，一股浊气扑人，突然水面上冒出一个怪模怪样的大蛇头，泅近塘边，大家又吃了一惊，忙然退步。只见怪物爬到岸上，原来是一巨大蜥蜴。狄公仔细一看，莞然说道:“这是一个石龙，专喜吃蛇，我是知名已久，如今方亲眼看到。任它去吧，还是找路要紧!”马荣听言，马上以矛探了塘水，水面上尽是浮萍杂草，陡然在水面下浅浅的看见一块踏脚石。马荣说道:“有了！这是一条通到彼岸的石磴，必定还有第二块，我试一试踏上前去。”他连忙掖起衣裳，一脚踏在上面，再用矛一戳，果然触到第二块了。他跟着拨开一根树槎，就踏了上去，这时狄公也由第一块上面踏了过去，石小面窄，两人一挤，狄公几乎落水。马荣手疾眼快，一把揪着狄公。狄公对他道："你为甚么停在这里，不走过去呢？"马荣答道："小的因为刚刚踏到第二块上，看见一根折断了的树枝，叶子未干，推测这地方一定有人在咱们以前来过的，最多不过一两天。这人定是因为石面一滑，惟恐落水，才猛抓树枝，借着稳住脚根，不然此处无风无浪，焉能独独的折了一根呢？"狄公听言有理，跟着说道："这来人是不是仍在里边？我们还要随时小心，提防暗算为要啊！"狄公便把马荣的话也传到后面给洪亮等人，并吩咐来人们都要分外留心。马荣一边踩路，一边乱嚷道："找个活人收拾收拾，总比对付那般怪物好的多了！"说着又踏到了第三块石磴。如此寻寻觅觅，费了不少时间，大家才依次渡完，假若熟悉的话，倒也费不了多大时间。

马荣劈开树枝，扶狄公上岸。大家又过了一片丛林后，在那乱石杂树围绕当中，见到了一块空地，在一排柏树后面，隐约着一个圆形的亭子。那亭子四面紧闭，只一扇门半掩半开。狄公满心欢喜，等众人到齐，便下命把亭子包围搜索，马荣于是夺门而入，立刻有只大蝙蝠，突然飞出。狄公说道："看这样情形，里面不见得有人，冯大你们到周围的林子中，且去搜查一番。"说完，带着洪亮等进亭子去了。里面是暗淡乌黑，只见当中放着一张石桌，正面墙壁，横着一张石头长榻。狄公看罢，命马荣打开窗户，借着天光，看那石桌上面，还有一尺见方的箱子放着。狄公暗中惊喜，忙拂去上面尘土，见箱子是汉玉做成，雕龙刻凤，碧色斑斓。狄公仔细把盖子掀开，里边装着花绫包裹的一件东西，打开展观，确是一卷文书。狄公对着众人说道:“这必是倪刺史遗嘱无疑了!”

狄公缓缓的将卷子打开，随即逐字念道:

“立遗言人历任东三路各州刺史，前举人倪守谦。尝闻春种秋收，积因成果，余实不德，乃生忤子！虽上叨国恩，录有微功，而济世鲜能，拙于严教。长子倪继，赋性冥顽，久习不逞之心，终蹈殒身之祸，具此先见，爰作后图，于是别娶梅氏，思获佳儿，庶血食可继，宗祀无缺。幸承昊天见佑，再生次子倪善。惟余生日衰，行将就木，顾全幼子，宜有预谋。本拟均剖遗产二子分执，但以继儿贪险，心岂能甘？设余故后，不免横加残害，不得已当余垂殁，曾向继儿声言，全部遗产交伊掌管，仅以一画遗付善儿，意在安侫子一时之心，为幼孤将来之计。别藏分产字据，隐置画裱，非甘技巧，实属权宜。果继儿见疑，将私事揭发，宜感亡父用心之苦，悯稚弟失所之哀，或发天良，遵嘱处理；不然贪痴不改，销真置伪，再予善儿，设有争端，翻成铁案，料其出此，遗画借以幸存，拙谋巧可成就。能无贤宰，测隐推形，揭悟画理，进入残墅，览余遗文后，凭斯处理，不假别证。或在此时，逆子畏祸改行，则余一本初衷，所遗仍分为二。不然彼如怙恶不悛，身罹法网，则余全部所有，统交倪善一人承受。并于此纸经余本人亲笔盖章，用资确证。庶主断有凭，存寒门一脉。所望贤宰莅兹，赐予曲全，永荷天庥，存殁均感！冥冥绵绵，实仁者是赖焉！

立遗言人倪守谦印章”

狄公把这篇倪刺史亲笔遗言，一气念完，叹了一口气，捋了捋胡须。洪亮在旁，忍不住发话道：“由此看来，老爷的推测，全盘无误，一切也早在倪刺史预料之中了！”狄公闻言，点了点头，只见他顺手拿起卷在遗言一起的一张花笺，目不转睛的看着。上面写道是：

守谦毕生，夙夜在公，勤求民隐，不干私惠，上渎国家。兹以殁世就冥，身后累忧，长子不肖，失于教养，干犯法纪，系诸图圄。惟舐犊有私，情曷能已！仰恳朝廷特加恩恤，法外施仁，网开一面，免予大辟。蝼蚁幸存，则戴德九泉，衔恩千古！

倪守谦谨启

狄公看完，似有无限感慨，徐徐卷起遗言，方自言自话道：“此公真是博大湛深，人所难及！”这时陶干忽然摩抚着那张桌面喊道：“这上面还刻着东西呢！”说着拔出佩刀，把桌上浮尘积垢刮了下去，洪亮马荣也一起动手，少时全面清除，却显出一幅图画，刻划精细。狄公俯首细看，看了半天，才说道："真是妙极了！这就是迷宫全图绕路的模样，就成'虚空楼阁'四个篆字，与画上所题，纷毫不爽。足见倪公引退之后，寄心玄冥，感到尘世纷纷，都不过是一些虚幻而已。"陶干又指出上面的一条黑线，和一些参差黑点，说道："这细线是这条秘密捷道，黑圈当然是那些松树。"狄公又端详了一遍，叹了一口气道："极妙，极妙！假若有人不知捷道，贸然而入，由进口走入，每个岔口向右拐，走来走去，绕到出口那边出去。若由出口进去，每个岔口向左拐，走来走去，还是绕到进口那边出去。假若你不知捷道，你永远找不到那座亭子！如此的布置，非别有慧心，是绝对构造不出来的！"洪亮说道："我们应该向倪夫人商量，何不把这地方让我们代她收拾一下，供人游览，也算是本县一个名胜咧！正好与那荷池佛塔同时媲美了。"

这时冯大进到亭子里来，禀告狄公道："所有外面林子都查过了，没有甚么人藏在里面。就是有人来，怕是已经走了。"狄公叫他带人再把树上查看查看，也许有人躲在树上枝叶间来窥探我们呢！冯大闻命，就反身出去。

这时狄公看见陶干踞坐石榻上，正注目榻上一层污痕，听他诧异的说道："这似乎是一片血迹！"狄公听说，吃了一惊，忙忙走上前去，用指一抹，再就窗前细审，果然是一些深赭颜色，立刻叫他们查一查榻底下。马荣先用矛向榻下拨弄了两下，只见一个大蛤蟆跳出来，再伏地一觑，也毫无所见。但是陶干却在榻后夹空的缝子里看了看，突然喊道："下面有一个死尸！"大家吃了一大惊，马荣赶快帮助陶干把尸身用力拖出，安置榻上，原来是一具无头女尸，一丝未挂，浑身血染，惨不忍睹。马荣见状，迅速扯下自己一条搭膊，先将尸身下体遮上。狄公上前大略一看，认为这是个年轻女子，胸部有一道刀伤，背上臀下，都有被打痕迹，另外右臂有旧伤疤痕。狄公看毕，怒气满面，说道："这凶徒好大胆量！看这尸身不僵，皮肉尤新，定是在这一二日间被害的，也许是昨天的事情。"马荣插嘴道："真是怪事！他们怎样来到此地的呢？看这女子，手腕足胫有几处是被树枝划伤的，加以脚上污泥，似乎她是赤身光脚来此，定是踏过塘面的时候险些落水，才攀折了那根树枝咧！"狄公说道："要紧的是这女子是谁？并且谁带进来的？陶干，你叫冯大跟二三个衙役来，砍些树枝扎作担子，把这死尸抬进城去。"

不久冯大进来报告担子做好了。狄公叫冯大脱下褂子，先把尸身包裹起来。冯大脱下他的外褂，刚要俯身包裹，陡然吃惊，站起喊道："天哪，这是白兰了！"瞠目对着狄公，面色苍白，大家跟着也吃一惊。狄公问道："冯差头，你的确认清了吗？"冯大答道："是的是的。白兰小时在旁看我打铁，误被铁屑烫伤右臂，留有一个深疤。"说着他用手指那块疤痕，说道："就是这个，决不错的！"冯大说到此，触起前情，忍不住嚎啕痛哭起来。

狄公紧皱眉头，略一沉思，忽然向洪亮道："前次命你找那李氏的住脚如何了？"洪亮并不答言，只用手向冯大指了一指。狄公会意，遂叫了冯大一声说道："先不要伤心，也许偶然相同，如果是真，本县自会替你报仇。我且问你，那位李夫人现住何处？”冯大一面抽噎，一面答道：“今天早上，为此事特派小女玄兰前去找寻，但不知能否找到。”狄公闻言，急把马荣叫到身旁，低声在他耳边吩咐了几句，就见马荣唱了一个喏，便扔下长矛，转身匆匆的跑了出去（注：原为“走”）。要知端的如何，且听下回分解。

捍卫疆土亲临箭楼

第二十四回

巧骗儿女凶人逞恶

生擒画师勇弁施威

话说书中交代，暂把狄公这边不表。且说那天早上，玄兰奉了冯大之命，叫她查访李氏下落。她是向东门走去，心中总是挂念她的姐姐白兰，正不知吉凶如何，苦闷烦躁，委实不安，自然不辞辛苦，尽管在闹市中绕来绕去，设法找寻，不觉来到东门大街一带。她暗想那个李氏是一位有名的画家，必定和那出售文房四宝的店铺有些来往，她于是找到了一家大纸店，走了进去，果然由店主口中知道，这位李夫人从前以教画为业。店家以为玄兰必是想找她学画的，乃劝玄兰不要白跑了，因为李氏早已再不收徒。玄兰假意说找她探问一位亲戚的，于是由店家口中便清楚李氏的住址，离纸店不远，心中暗喜，本应立刻回禀伊父一声，却因为一路之上被太阳晒得暖暖的，正好多走上几步，又因李家既是不远，何不顺便到那里看一看究竟呢！

她心中盘算已定，就拐弯抹角，不久来到一个较为幽僻之所。几家住户，似乎是些有钱的人家，就中有一所高大门楼，双扇漆黑，门框标着“李宅”二字。玄兰一看，知是她家了，心想既然来到，何妨叩门一番，见她一面，也好回覆伊父。她连敲了几下，不见有人出来，觉得奇怪。更加紧敲了一阵，便就门缝侧耳细听，已经隐隐的有了脚步声音。果然不大一会，“呀”的一声，大门启处，但见一个五十多岁的妇人，白皙面庞，洁雅不俗，颧高目炯，双眉浓肃，打量了玄兰一眼，发问道：“这位小姑娘是找谁呢？”玄兰见问，恭恭敬敬的回答道：“这是李夫人吧？”妇人答道：“是的，你尊姓呵？”玄兰说道：“小女子名叫玄兰，是本市铁匠冯大之女，知道夫人在家教画，打算请夫人收我做学生，不知道夫人能否答应咧？”李氏闻言，略一沉思，随笑着道：“我本来是不收学生了，你既然诚意到此，先请进来喝杯茶再讲吧！”玄兰也正中下怀，于是李氏就把玄兰让了进去，一直把她引进一座小小花园里面的一间精室。让座之后，李氏出去泡茶，玄兰举目四望，见这间屋子称得起光明洁雅，陈设超俗，不外是些商彝周鼎名人字画，四白落地，糊饰整齐，颇有纤尘不染之概。

少时李氏进来，只见她步履之间，颠斜不便，一腿似乎微跛。宾主坐定，两人谈了一会闲言，玄兰觉得并无用人，于是问道：“夫人年纪不少，怎么不用个人来伺候呢？”李氏答道：“因为房子不多，容不下许多人，而且我也不愿意使奴唤婢的，我自己一切都做的来。我只用了一个女工，替我做些粗活，这两天她因为身体不好，叫她回家去了。”玄兰说道：“那么我这次看夫人来，太给府上添忙，真不好意思了。”说着便要起身告辞，李氏苦留她再多谈一会，随带她到隔壁一间小屋里去，看看她的字画。

玄兰自不便推辞，来到画室中一看，当中画案放着若干画具。李氏让玄兰坐在旁边一张绣墩上，把她自己的画件，一张一张打开给她看。玄兰虽不懂画理，但见她画的一些花卉翎毛，栩栩如生，粉红碧绿，彩色斑斓，觉得她的确是个好手。画已看完，李氏把画逐一卷起，玄兰站起身来，往外一看，正欲告别，则见窗外花草被践踏不堪，好生纳闷。李氏见她如此，就不待她来问，便说道:“真是讨厌，你看这些花草，也算遭了一回劫。因为前两天不知为了甚么，突然来了一批官人，到此搜查了一次，把花草践踏了这个样子，真是可恶极了!”玄兰看她怒形于色，正想告辞，就见李氏一边往天上看了一看，一边说道:“天已快到午刻了，留在我家吃过饭再走吧！我很喜欢你，也是我们有缘，你帮助我做饭不好吗?”玄兰到底年轻面嫩，见她如此，不好推辞，便答道:“做饭我们小孩子那里会呢！帮夫人烧一烧火罢了。”李氏闻言甚喜，便带她上厨房里去了。

玄兰脱却长衫，掖起袖子，就此烧起火来。李氏在旁找了一扎面丝，以及香菇葱蒜之类，另外打点碗筷匙箸，少时二人面条做好，就分座同桌吃了起来。李氏一边吃，一边夸说玄兰长的好，有人缘，又有本事，又很机伶。玄兰此时肚饿，不管一切，先吃个痛快。李氏只吃了半碗，又起身在橱架上拿一瓶酒来，劝玄兰喝了几杯。玄兰本不会饮，也不好推辞，二人相陪对饮。那李氏酒一入肚，谈兴更浓，告诉玄兰她的身世如何不好，结婚如何痛苦，男人如何的不可靠，只有我们女人好，说着抚一抚玄兰的头，握了握她的手。玄兰知识未开，顿感一室温情，不忍即去了。

两人复回到画室，李氏说道："小姑娘你太累了吧！到我房中休息一下，洗个澡，睡一会觉，再走也不晚啊！"玄兰因酒后头晕身懒，便称谢答应。李氏带她进了卧房，只见屋中都是紫檀镶嵌，一些木器，镜台床帐，无不讲究。李氏说道："床边帘后，就是一间浴室，请你随便吧。我去去就来，咱们再喝茶好了。"李氏说完出去，玄兰自觉心内烦闷，只好洗个热水。她揭帘走进浴室，看现成的冷热水，分放在两只木桶，旁边有一个大浴盆。玄兰脱衣提水，刚刚要洗，觉得身后有人，忙回头一看，那李氏正倚门对她微笑，手里拄了一根拐杖，说道："歇觉前洗洗澡，是很舒服的事哪！"玄兰见她忽然在此，又见李氏对她直眉瞪目（注：原为"直瞪瞪目"），神色有些异样，她那两道浓眉，至此忽觉可畏了，暗忖不妙。自己贪玩好奇，不应在此吃饭饮酒，怎可以在此地睡觉洗澡呢？想到此处，决定走为上策，就要穿上衣裳。那李氏却走近她的身边，一把拉着说道："你这个女孩子倒是怪可爱的。"玄兰酒醒心清，见李氏将要近身，就用手一推，不觉用力过猛，只见李氏身子一歪，几乎栽倒。这妇人立刻怒气横生，骂道："你这小蹄子，真是好歹不知！"她话才出口，手里那根拐杖，早向玄兰身上打来。玄兰出其不意，哎哟了一声，见李氏翻脸，心中又急又气，见水桶在旁，俯身要拾起还她一着，不料第二拐杖又在她臀上打了一下。玄兰大叫一声，往后倒退了几步。此时李氏脸色大变，冷笑说道："小贼丫头！你怀着甚么鬼胎，大胆到此？看你这样子，就比你姐姐白兰似乎强横，难道我还没有法收拾你吗？"玄兰突听她口中说"白兰"二字，便失声问道："我姐姐在那里？"李氏乜斜眼睛望着她说道："你想见她吗？这有何难！"说着就见她回身向外走去，少时转来，玄兰一见，大吃一惊。那李氏面带杀气，手中持着一把牛耳尖刀，另一手掀着浴室的帘子，用刀尖向外一指，说道："那不是你姐姐吗？"玄兰举目一望，见白兰的一颗人头端端正正的放在镜台前面，不由得失声大喊，心中乱跳，以双手掩面，再也说不上话来了。

这时李氏放下帘子，走进浴室，按刀怒目，厉声说道："你这该死的，在此大胆发横，如今收拾了你，也不过像前天杀了你的姐姐一样！"玄兰听言，越发惊惶，大喊救命，情急想跑，但是无路可通。看见身后窗户，铁柱成网，在那边也无法出去，难道如此丧生吗？正在此时，陡见窗上忽有人影一晃，说时迟，那时快，就听喀嚓一声，窗棂连铁柱都落下，随着蹿进一条大汉，身形矫捷，来势甚猛。他看了一眼，随即一个箭步跃到李氏跟前去。玄兰又是一惊，往旁闪躲，定睛看来，心中大喜，原来正是那都头马荣。李氏知道祸到临头，立刻举刀，照马荣胸脯砍来。马荣手中虽无兵刃，但早防备，只见他略一侧身，让过李氏刀锋，用了个惊蛇入草之势，将李氏右腕捉着，翻掌一拧，噹啷一声，刀已落地，顺手向下一按，李氏哎哟一声，蹲下身去。马荣随着抬起右脚，踢着那刁妇一窝心脚，解下腰带，将李氏四马攒（注：原为“噴”）蹄的捆上。玄兰惊愕之余，喊了一声道：“我姐姐已被她杀了！”马荣瞅了她一眼，说道：“你喊甚么！还不快穿衣服去！”玄兰这才明白，满面飞红，赶紧把衣服穿上。马荣亦已走出浴室，将李氏扔在床上，将白兰人头放在一个木桶里，见玄兰衣服穿好出来，于是告诉她：“衙役们快要到了，你快去把大门开开，让他们进来。”玄兰见他粗声粗气的命令她，有些不高兴，只得出去开门，嘴里却哼了一声说道：“真是老爷的口气，我成了你的丫头吗？”马荣听了，只有哈哈大笑，暂且不表。

再说狄公这边，自打发马荣去后，便带着洪亮若干人等抬着白兰尸体，拿着倪公遗言等，回到衙中，时已黄昏。狄公内堂略坐，只见吴峰垂头丧气走来，向狄公道贺，称狄公神奇明断，是百姓的一位青天大老爷。并报告狄公道：“白兰遗体暂放班房，马荣携回头颅，亦已缝在一起，由小的备好棺木，等候装殓。”狄公问他：“冯大如何了？”吴峰道：“现由玄兰陪着，劝他不要过分伤心，他已略止悲哀，请老爷放心。”狄公点头，叫他先去歇息。吴峰行礼退下。狄公俟他走后，对洪亮说：“那吴峰已经不像先时那样难过了。”马荣问道：“请问老爷，我始终不明白，这吴峰为甚么还逗留在这里？”狄公道：“他自己总以为白兰的被害，他也要负些责任的。可怜白兰这孩子，验她身上那些伤痕，正不知那凶妇如何虐待她的呢！”

洪亮说道：“小的猜不透，当老爷在迷宫亭子里边，怎么忽然会想到李氏身上呢?”狄公见问，把身子向椅背一靠，微捋胡须说道:“本县是想到所有能知道，或是到过这迷宫的那些人。倪公生前，那块地方非常秘密，他的长子和少妻，都不许走入一步，外人更不用说了。只有这女画师李氏，她常和倪公在迷宫外凉亭吃茶论画。当倪公着手画那张山水画时，李氏一定看见过，她是个行家，在倪公不易察觉之下，便猜到那张画稿非比寻常，领悟出来，其中必别有用意。”陶干插口说道:“是的。也许她看见初稿，先画的是松树路标，再补上山石亭台，稍一留心，自易猜透。”狄公点头道:“好好！你推知的似乎不错。那李氏心爱少女，她测知密室之后，一定牢记在心，以备将来藏人之所。那白兰是被她用花言巧语，骗到李氏家里去的，而且白兰为人，听冯大早说过，是个柔顺的孩子，一入凶妇掌握，失去自主。当白兰被拘后，在一天夜里走出她家一次，到了三宝庵，凶妇害怕走漏风声，于是把她藏在倪公别业那个有竹床的屋子里，所以你们去搜查李氏住家时，落了一个空。可是经过那一搜查，打草惊蛇，因为畏罪，遂起杀机。而且灭迹藏尸，除去那迷宫亭子外，没有再好的地方了。”

陶干听到这里叫道:“老爷初次到别墅时，如提早一个时辰出发，也许不会如此了！彼时这凶妇大概刚离开那里。”狄公叹了一口气道:“造物安排，似有定数，也是这女孩子命该如此吧！那倪夫人偏在那天早上到衙门里来，才引起探视迷宫念头。后来本县在迷宫门口外，看见一个女人脚印，很是惊异。刹那之间，本县极有感召，恍惚看倪公其人，对着招手一般，叫我进去。彼时身觉颤栗，毛骨悚然，如今想起，还有余怖，大概那时这不幸的孩子，刚刚在半个时辰前就被害了。”狄公说至此处，语调低沉，停了一会，大家也都未作声。狄公才复说道：“还算好，马荣今天赶回城中，刚好救了玄兰一命，不然冯差头第二个女儿，又遭了毒手，那还了得！好了，你们下去用过晚饭。休息一下，再准备今夜对付那胡贼们来袭城吧。”狄公说完一挥手，洪亮等乃行退出不表。

且说那天下午，乔泰布防守城计划停当，他就原有兵丁中挑出一些精壮的，防守水门，其余的分驻城上，放哨巡逻，注意城厢，再就全城住户中，各拔壮丁协助官兵，共同防御。五十名壮丁，由一个官兵统率。又备下了滚木雷石、弓箭竹矛之属，对付攻城。乔泰本着县尊命令，吩咐所有被选壮丁，夜半之前齐集城上，听候点派，另委两名官兵在鼓楼上面瞭望，见有匪踪，鸣鼓传惊，又叫城头守兵多预备灯笼火把，准备厮杀。

这时狄公晚饭过后，假寐片刻，到了亥初之前，早见马荣全身披挂，提着长枪，来到狄公面前候命。狄公也身披软甲，外罩朝服，提起护身大宝刀，带同马荣，乘了坐骑，直奔水门城上来。乔泰早已伺候，见狄公来到，上前报告布置情形，并说洪陶二都头带领四名兵丁，在钱谟家里哨楼上看守。狄公点头称善，说着来到箭楼，拾级而上，另有差官手捧军中大旗，站在狄公身后，马荣则抱枪侍立一旁。狄公暗想捍卫疆土，身临阵前，为有生第一次，雄心益壮，不胜慷慨，于是坐下，横刀在膝，凝神注视城外。只见眼前一片乌黑，没有看见丝毫动静。

到了恰交三鼓，狄公陡然瞥见远处出现一列火光，对马荣道："那不是他们来了吗？"随后火光渐渐近了，到了河岸，却又停了下来，只见火灭，仍是漆黑，一声不响，等了半个时辰，还是全无动静。乔泰对马荣说道："那厮们是在等着内应的信号，钱谟哨楼因为看不见一丝火亮，他们必知有变故，大概正在商量怎么下去才好。"乔泰说未完，忽然见在河对岸无数火把点上，焰下看到胡兵人马如海，挥刀挺枪，乱叫乱嚷。狄公说道："他们好像仍想可以乘其不备，渡河来攻。"这时城里鼓楼的大鼓，突出雷鸣一般的大声，同时城上火把灯笼一齐点上，照得如同白日一般，只见兵士壮丁，排列城上，弓矢斯张，威势凛凛。狄公一看，欣然称善，再俯视下面，见胡人前锋，已经停马于河畔，似乎不敢渡来。狄公冷笑着对乔泰说道："他们正在迟疑，因为不但没有内应，而且看城防全备，他们知道阴谋被破，再也不敢渡河来攻了！"少时果然看胡人转马，光亮消失，黑夜中只听马蹄响声越来越小，贼人不敢轻犯，遂又悄悄退走了，袭城把戏，就如此失败。要知后事如何，且听下回分解。

第二十五回

圣旨传来诸凶正法

神龙飞去一宰知机

话说这晚狄公深夜归来，见匪人袭城自退，放心安寝，次早醒来，传话升堂，首提那穷凶极恶的李氏审问。那李氏自知真赃实犯，狡赖不得，不待用刑便一一招认。

书中交待，当倪守谦在世，这李氏是刺史家里的座上客，是倪夫人的闺中密友，她在倪家是常来常往的。有一次她在倪夫人房中偶然看到那件画的初稿，又在倪公笔记上，知道了作画的寓意，里边暗藏秘径，两相对证，牢记在心，外面仍装做不知。后来倪公去世，在丧事完了之后，她曾到别墅看过倪夫人一次，并未见面，跟倪家家人打听他们母子下落，群推不知，也就罢了。

不久以前，她偶步闲游又到了别墅，彼时那守门老仆已双双死去。她见偌大园子除去两具尸体外，并无一人，于是触起前情，又因好奇心盛，按着她牢记在心的画中隐意，果然被她找到秘径，虽未深入，确已熟悉。后来在街上偶遇白兰，也是前生孽缘，顿生爱感，那小女子被她花言巧语，骗到她家，从此陷入牢笼，任其驱使，渐渐加以扑责。白兰心柔胆小，逃脱不得，好容易冒着月夜跑到破庙，正逢那痴心画家吴峰，把她给吓了一跳，又跑了回去，旋被李氏看出，深恐私拐人家女子的事被外人知晓，吃了官司，那还了得！于是毒打白兰一顿，多方拷问，白兰一口咬定，并没有一言一字对外声张。但这刁蛮妇心怀鬼胎，终不放心，于是隔了一宵，便强迫白兰改变男装，把她暗中带进倪家别墅，那老仆的房子里边。每当她离开白兰，到外面找些菜饭给她送来时，便强将白兰衣服脱掉，使她无法外出，打算再过几天，外面风声不紧，方行偷偷带回家中。不料她家中竟被衙役搜索一番，遂越发怕将起来，认为白兰是她的祸根，焉肯放松她一步，以此畏罪生恨，因恨成仇，随杀机顿起，打算灭口除根，以免后患。当她家被搜的第二天早晨，便暗藏尖刀一柄，来到倪公别业，诱逼白兰，使她赤身露体，引进迷宫，来到亭子里边，冷然一刀刺入白兰胸膛，将这柔弱女子杀死。又恐怕将来万一被人发现认出，还是后患不小，乃一不作二不休，索性把人头割下，拖起尸身向石榻背后一抛，打算将人头包裹带回家中，捣碎焚消。当时她便包起人头匆匆跑回家中，所以亭中石桌上面玉匣，却未被她发现，也是杀人心慌，无暇及此。这些经过，由她自己口中都详详细细，当堂供出。狄公听她滔滔不绝，颜色自若，心中委实惊奇不已。最后这凶妇自料死罪难容，索性将她以毒酒害死她的亲夫的经过，也坦白供了出来，诚所谓天理昭彰，心生忏悔。

狄公越听越气，叱她道：“你这丧尽天良的刁妇！遇到本县，也是国法难逃，报应不爽！”狄公说到这里，喊了一声：“来呀！先重责五十大板，再让她尽供收监，候首处决。”李氏被打完之后，就拖到监里去了。狄公心中稍为一快，于是又命人把勾结贼匪的奸商提来，各各招认勾结不讳。他们异口同声说道：“原来蓄意混水摸鱼，捞上一笔，并未料到胡人们不是抢掠市面，而是袭占城池。早知如此，天大胆子也不敢和他们来往！”无不苦苦哀求。狄公也明知他们贪利无知，并非通匪叛国，图谋不轨，乃从轻发落，按情轻重，各打若干，然后分别枷号衙前半月十天不等。如此发落完了，早堂已毕，狄公退下暂息。

不一会丁府家人到衙报告，那位丁秀才于昨夜在家自缢身死，丁将军的第四如夫人，也服毒自戕了。这个消息一时传遍全城，纷纷议论，有的说丁秀才思父心切，一时哀毁过度，因而自杀的。有的还说他孝心弥笃，父亲被害，无法报仇，愤不欲生的。至于那位如夫人之死，一些丁家亲友们认为她年轻轻的顿失所天，守亦不成，嫁亦不是，生前被宠，怀恩念爱，乃出于一死了事；于是同声赞美她是一个烈女殉夫，并打算集资募款，褒扬节烈，居然有打算要替她建立牌坊的。丁家这案，因伊子一死，也就算不了了之。

且说狄公又过了几天，把这三案陆续办清，捉的捉，死的死，冤有头，债有主，内外烦愁，大体已清，于是整理有关卷宗，把钱谟倪继种种不法情形，原原本本，详奏朝廷，候旨核夺，至于钱谟的两个军师及他的那几个打手，也分别轻重情形，从轻发落，全案了结。此外通知倪夫人等候圣旨，有关遗产部分，自会令她当堂具领。到了这时，自狄公到任以来，三件大案全已水落石出，县爷以下诸人，都认为从此以后，这位赤胆忠心、忧国忧民的县尊，应当大大放宽心怀，好好休息一下了，可是却又不然，只见狄县尊反而心神似有不安，时常发发脾气。洪亮等一看，老爷平常并非如此，大家无不纳罕起来，莫非在案子以外，还另外有忧心的事吗？大家如此的胡猜乱想，却也没有一个人敢问。

单表这一日，由狄公前向朝廷请求增援守边的官军二百人已经开到，另简派了曾在边疆作战得力的一位骁将带领，到了县衙，见过狄公，全体人马驻扎在钱谟庄上，乔泰此时也就交代一切，仍回衙内当差。狄公至此，见有一支生力军来到，精神为之一振，只是没有多时，他依然又沉闷烦躁起来，终日翻阅文卷，很少外出，仅仅在白兰出殡那天，曾亲去执拂。至于白兰丧葬用费，全由吴峰一人负担，多情重义，煞是难得。

再说埋葬了白兰之后，这吴峰虽然是心愿已了，但他的为人却从此大变，日常少说少道，严肃沉默，并且立意戒酒，从此涓滴不入。不过这一点可急坏了那位长春酒店的店家，眼巴巴看这样好的老主顾从此丢掉，未免可惜，于是用尽方法，劝这吴生开了酒戒，仍要过着那潇洒人生。但是任他千说万劝，终归无效。这画家不但戒酒，索性连画也戒了，把手头的存稿旧作，一概卖的卖，送人的送人，更搬出了酒店，在孔庙中找了两间廊庑住下，却苦攻经史，改为一心向儒了。他每日除去读书外，仅仅与冯大有些来往，结成至友。

再说这一日，圣旨已到，由狄公冠带朝服跪接，中官宣读已毕，便马上回京复命。狄公赶紧吩咐洪亮等，圣旨已下，各案都了结，明天升堂遵旨发落。到了第二天早晨，天尚未亮，衙门大开，火把齐明，衙内差役与那新到的官兵，无不弓上弦，刀出壳，各处戒备森严。衙门口另放着一辆大敞车，百姓们也闻声来看这个热闹场面。正在此时锣鼓齐鸣，县太爷已朝服升堂，披红监斩，越发庄严。跟着狄公在上发令，首提倪继前来听决，遵旨定罪。只听狄公说道："查犯人倪继，通匪叛国，扰害地方，律干大辟，应处凌迟。姑念该犯先人世胄名臣，功在国家，朝廷特沛殊恩，减等处死，着即斩后凌迟，免予枭首示众。逆产一半充公，即时执行问斩。"狄公说完，倪继跪在下面，已浑身发抖，面无人色。又见狄公在案上检出一个小小纸条，命冯大发给倪继去看，原来就是他老父替他求情免死的一段遗言。他一时天良发现，啜泣不止，默默看完之后，就见堂上狄公略一扬手，冯大忙对手下差役喝了一声道："绑！"两旁差役便将这逆子倪继五花大绑，背上插招，推上门外大车去了。

狄公又吩咐下来，传倪夫人上堂。他们母子事先闻信，果在下面听传，他们到了堂上，狄公称道："倪继犯法，即行处决，所有遗产一半归汝子倪善承继。倪刺史遗言在此，由书吏宣读。"倪夫人母子听完，饮泣称谢，朝上叩头。狄公说道："此皆朝廷殊恩，今后宜抚子成名，光大门楣，请先回去吧！"

倪氏携子去后，狄公又喝道："带李氏！"少时那李氏铁锁叮当，来到堂前，见狄公在上，威仪万千，左右公差，四围百姓，刀戟露光，凶气顿消，四肢瘫软，那里还站得住，早爬伏在地，说不出话来了。狄公一见，分外发怒，喝道："你这刁妇，拐诱人家女子，遂加杀害，灭迹藏尸，轻视王法。如今奉圣上御旨，处尔凌迟，枭首示众！"那李氏听到此处吓的昏了过去，左右用冷水又把喷醒起来。又见狄公把手一扬，早由人把她绑上插招，推上大车同倪继作伴去了。

狄公这时命下，即赴南门外刑场，就见沿途老幼，拥拥挤挤，夹路大呼称快。这倪继李氏坐在大车上，每人背后高高的插着招子，由官军押车守护，少时到了刑场，东方已亮。刑场上端，设有临时公案，狄公升座之后，首提倪继，县宰即是监斩官，验明了正身，令即执行，由刽子手手起刀落，可叹这倪继刹那之间便已魂归地府。继提李氏，却绑在木桩之上，由刽子手按法凌迟然后砍下头颅，悬街示众。这时老百姓一边称快，一边叹息，纷纷议论，都说是天理难容，报应不爽。狄公监斩已毕，旋即打道回衙，并吩咐书吏，将倪李二犯遵旨正法，与那丁生事主自杀、应不再追究等案情处理经过，除预先另用布告晓谕全城外，赶紧备文呈报朝廷。至于那贼匪部分，由朝廷与胡酋交涉好了，他们依然奉表称臣，送嫡子入质。那乌尔金王子等四人，则押解出境，交由胡酋自行法办。从此边境无事，百姓都能安居乐业。

再表狄公自诸案已了，心中自然松快一些，上下人等略事休息过后，于是把到任以来暂委文武官员，该去该留，重新发落一番。也是边县城小，辖境贫瘠，除分别奖励外，乃把冯大叫来，说道："如今重案了结，县中事务不多，你们是愿意当差，还是愿意自谋生理？本县清苦，并不强留。"冯大一听此言便跪下叩头，禀道："小人全家受老爷大恩，如同再造，本愿伺候老爷，徐图报恩，只因小女玄兰痛念她的姐姐，不忍留此，又因吴峰托人说要玄兰为妻，小的亦已应允。吴峰要把我们父女带回京都，也因他家无人，拟请小的充当他家的管事。他自己要一意读书，准备上进。老爷如肯赐假，即定期起身，只愿留小儿在此，恳请老爷格外体恤，许在手下当差。"狄公听言道："如此甚好。你们父女总算苦尽甜来，有了安顿，这也是上天保佑，果报当然。你的儿子，留此当差，我自会好生看待他，委他一名衙役好了。"冯大千恩万谢，叩头而去。只有三个人愿意仍理旧业外，其余都愿留县当差，狄公也一一答应。

此时只有马荣听说玄兰许配吴峰的事，心中懊恼异常，和陶干诸人大发牢骚，说道："玄兰这丫头，好没有良心！我救了她一命还不算，她赤身露体都被我瞧见了，还不嫁了我吗？我早就挂念她，如今却落了个空，真是倒霉极了！这丫头总不喜欢搭理我，也太无情了！"陶干在一旁笑眯眯的说道："老马，你算了吧！你眼睛看饱了，就该知足，还在这里不结不完的说，有甚么用处？再另找个好的算了！"说完大家都禁不住哈哈大笑。马荣听陶干向他打趣，突然想起那北里的妓女狂蜂来了，于是对陶干说道："你幸灾乐祸，拿我开玩笑，你以为我没有一个知心的人儿吗？北里那个女人对我可真不坏咧！那天她力拉住我，怕我去见那贼头，送了性命，我真不忘她的好处咧！将来我打算回禀老爷，把她买来跟我过日子，看看如何！过两天，你们几位同我走一遭好不好？"大家笑了一阵，只见乔泰道："罢了，罢了！如今有工夫了，咱们到街上溜达溜达，散散闷，解解乏。自到任以来，没有一点清闲，都累得可以的了，出去找个馆子痛痛快快喝他一顿，也替我们马爷解解心烦吧！"大家自是同意，四人便走出衙门去了，暂且不表。

且说狄公这一天早上见衙内无事，换上了便服，暗中吩咐衙役，悄悄的备了一匹好马，他单人独骑，看左右无人，走出衙外，穿着小巷，出了南门，远远的绕过刑场，见三三五五在那里打扫清除。他匆匆走过，直奔南山。是时晨光稀微，清风淡淡，心神分外爽快，他却一心没有忘了那位鹤逸道人。因为自从那次一面之后，总觉得他是一位出世高人，学理修养，功夫超凡，狄公自恨不如，钦仰日深。同时自己又有许多道理，盘错胸中，解决不下，一心也要找他请教，指示迷途。故多日来急待诸案结束，打算急流勇退，不再受那案牍劳瘁，终日与那作奸犯科的人们打交代。短短一生，心为身役，却是何苦！他但求摆脱一切，趁此中年，多读些书，多悟些理，如能得道，幸可超尘，了却生死，一清业障，岂非千种福田！继又一想：人生在世，要救苦利他，利国利民，也应当于世于人，建些事业才对。如人人脱手不管，一心出世，则尘世众生，永落劫中，就违背了成仁取义的道理，连自己的子子孙孙，也没有着落的了！这位县宰，忐忑思维，于去就上难以抉择；所以老早打算案子办完，再访高人一谈，盼望由这老人那里，能得到一个明白指示，藉可找出如何了却人生的一个大结果来。他在马上一路想来，盘算不定，不觉已经到了南山脚下，下了马，找了个村人，把马托他代为照料一下，自己独步登山，旧地重游，走来自易。登山不久，抬头遥望，依然是山径屈曲，草木扶疏，野鸟闲花，显出一片雅静清新。

狄公正在欣赏，陡见迎面下来一个樵夫，越走越近，对狄公问道："这位尊客独自到这荒山野径上来，是逛山的吗?"狄公见问答道："不是逛山，却是访人。借问樵哥，在此住的那位鹤逸先生可在家吗?"樵夫答道："你老来的不凑巧，那鹤逸老人家早已走了。当三天以前，我看他那里是柴门虚掩，走进一看，只见院中花草零落，屋中空空的，主人似已离去多时。我见无人居住，就把那里暂借做堆些柴草之所。我看你老不要去了，还是进城去吧!"狄公闻言，不由愣了半晌，才又问道："请问他老是甚么时候走的? 走到那里去了? 还回来不回来呢?"樵夫见狄公问了这一大套，微笑答道："那位先生自称鹤逸，自然来无来处，去无去处，即来应当不走，即走了恐怕是不会再来了。他是一位出世高人，来去自由，焉能让我们这凡夫俗子知道呢!"狄公皱着眉说道："那么他或许是去世了吗?"樵夫依旧笑了笑道："那里的话！他是了却生死，似乎神龙一般，飞去苍天，不留一迹，所余下的是空虚一片，不可捉摸。

我劝你老打断念头，请回去罢!”这樵夫说完，头也不回，背着一些柴草，径自走入一个草径，一转弯的时间，已深入林中，不见踪影。

狄公又向上望了一望，骤觉山风吹面，一缕浮云拢住山头，迷迷漫漫，恍惘失神，无奈回身下山，找到马匹，谢了谢村人，认镫上马。在这一跃之间，忽然心中一冷，忆起那日访这隐士茅屋，所看见的那副“出门只有两种路，蚯蚓钻泥龙上天”的两句话来了，此时顿悟禅语玄机，早有所示。狄公想到此处，暗暗念道:“好了，好了！龙已上天，我只好照旧钻我的泥去罢!”想至此处，便扬鞭放马，一直飞奔城中去了。

书说至此，暂且打住。后来狄公积功累德，官至冢宰，一生破案不下百余件，说不清的奇情怪趣，这一切都是后话，且待续编。正是：

赤胆忠心　功名盖世

穷凶极恶　报应加身

整理后记

1950年，高罗佩先生在日本东京创作出第二部狄公案系列小说《迷宫案》英文本，随后由汉学家鱼返善雄（Ogaeri Yukio）教授译成日文，1951年由东京讲谈社出版，名为《迷路の殺人》。1952年，他调任印度新德里工作时，在学者张立斋教授的帮助下，将此书自行译成中文，1953年11月由新加坡南洋印刷社出版，名为《狄仁杰奇案》。[1] 1956年，荷兰范胡维出版社（W. van Hoeve Ltd.）推出《迷宫案》英文本 *The Chinese Maze Murders*，意为"中国迷宫案"；次年推出荷文本 *Labyrinth in Lan-fang*，意为"栏坊迷宫"。

根据高罗佩先生的自述，起初他并无意出版英文本，只是将其作为预备推出的中文本和日文本的写作底稿，后来友人表示对这种新颖的侦探小说颇有兴趣时，才决定尝试出版英文本。虽然他曾经打算将所有小说都写成中文本，但是实际出版存世的唯有《狄仁杰奇案》，因此此书格外具有特殊的价值和意义。黄应荣在书前序言中提到："欧美人士能够直接用中文来撰写中国古代的长篇小说，而文字畅达，造意新奇，足同我国旧小说名家相抗衡的，据我所知，高罗佩先生实为第一人。"从这个层面上，将其称为中文世界里一部空前绝后的章回体公案小说，或许并不为过。

如果对比阅读高罗佩先生一人写出的中西两种文本，不难发现这并非直接的英译中，毋宁说更接近于一书两作。无论形式体例还是语言风格，中文本都参照白话公案小说，文字明白晓畅，叙述简练有致，遣词造句尤见功力，其中还穿插有诗文偈语，一派古风古韵，着实令人惊叹，完全是针对当时的中文读者群所作的中国式白话小说。再反观英、荷文本，由于读者基本是对中国历史文化缺乏了解的西方人，因此文字浅显平易，描述性、介绍性的段落更多，在细节处理上倒是更为精心，也更多技巧。比如在中文本里经常通过一人之口叙述一大段人物或事件的来龙去脉，合于中国传统公案小说风格，在英、荷文本里则分拆成几段，采用对话形式，中间插入旁人的提问或评议，猜测或是为了避免冗长沉闷，故而选用更为活泼的方式来引起读者的阅读兴趣。

至于叙述视角，中文本并非严格的一人视角，有时也会加入旁人心理活动的内容，这一改动符合中国传统公案小说一贯采用说书人全知全能视角的特点；而英、荷文本则依照西方侦探小说的惯例，将叙述视角严格限定在几个人物身上（通常为狄公及其亲信，第二十四回前半段为玄兰），即每一章节中所描述的情景，都是特定人物的眼中所见、耳中所闻、心中所思所感，只有表象，不知底里，惟其如此才能设置线索、铺垫情

---

❶ ［荷兰］C. D. 巴克曼，［荷兰］H. 德弗里斯著，施辉业译：《大汉学家高罗佩传》，海南出版社，2011 年，第 186 页。

节。另外，某些中国传统公案小说特有的成分均不见于英、荷文本，比如中文本里的介绍性文字（第一回楔子结束，正文开始时的第一、二段，简述狄公生平以及四位亲随的来历），每一回的发端语“话说”和结束语“欲知后事如何，且听下回分解”。由此可见高公通过分析比较，不但敏锐地觉察到中国公案小说与西方侦探小说的不同，而且能在写作时分别予以适当处理。

除了写作手法的不同，中西文本在某些具体细节上也有差异。第一类或可称为比较表面的事实性不同，比如书中的一些人名，中文本里的冯大、梁彪、鹤逸先生、竹坡退士，在英、荷文本里为方某、凌某、鹤衣先生、竹林隐士。至于故事发生的地点，日译本里有“兰坊全图”，图中还有若干汉字标注，如钟楼、鼓楼、孔子庙、倪宅等；中文本里未附地图，文中写作“栏坊”；英、荷文本里则是“栏坊全图”，图中无汉字标注。至于故事发生的季节，中文本第一回里明确提到“时交夏末秋初”，与第十九回里描写的红叶秋菊正相符合，而英、荷文本第十七回提到玉兰花盛开，更似春夏时节，然而第十九回中亦提到菊花，又似乎略有疑问。

第二类是对于某些特殊文体的不同处理，显示出高罗佩先生深厚的古典诗文造诣。比如第一回开篇处的训喻诗词，在中文本里填词一首，调寄《临江仙》，在英、荷文本里写成八行诗。第十五回中的艳情诗，在中文本里是三首七言绝句，在英、荷文本里则是一首长诗。第十九回中的对子，在中文本里是“出门只有两种路，蚯蚓钻泥龙上天”，在英文本里是“长生门前两条路，地蚓掘土天龙飞”，荷文本里则将“天龙”改为“天鹅”。第二十三回里倪守谦遗嘱的行文表述，在中文本与英、荷文本里亦是颇有差别。

第三类差异更为微妙复杂，在此择要试析一二：

一，第一回正文故事开篇处，英、荷文本里提到狄公之所以在蒲阳任期未满便被调到边地任职，皆是因为在蒲阳办案时触怒了佛门势力与广州富商，然而在中文本里则是“朝廷以狄公考绩最优，又以边县难治，必用干员”，因此调任栏坊。与此相类的是英、荷文本第十七回末尾处马荣提及众人在蒲阳办案时曾被扣在铜钟底下的旧事，此节不见于中文本。由此或可推测，高公在写作英、荷文本时，始终依照最初设定的整体故事时间线来构思设计，并采用回溯法，时而追忆前情往事，增加不少趣味性，但是对于中文本《狄仁杰奇案》，却处理为一部独立的作品，因此删去了涉及以往经历的细节。

二，中文本第四回开篇处狄公意欲责罚办事不力的差役、被洪亮劝阻一节，不见于英、荷文本，猜测高公应是有所借鉴。在此说明一点，他曾将清代公案小说《武则天四大奇案》前三十回译成英文，命名为《狄公案》，1949 年在东京出版并大获成功，随后开始自行创作，接连写出《铜钟案》《迷宫案》，几部早期作品无论在形式体例还是内容手法上，都明显参照了中国传统公案小说。《武则天四大奇案》里就有里甲企图陷害勒索百姓、两度被狄公下令杖责的情节，这在中国传统小说里颇为常见，高公将类似的细节加入中文本，对于中国读者来说，应是不会感到突兀或陌生。

三，第八回狄公率众前去丁宅查案时，路遇百姓夹道欢呼，英、荷文本里是洪亮隔着轿窗对狄公说“老爷请看，这情景与三天前真是迥然不同哩”，中文本里则是陶干与洪亮骑马并行时，陶干对洪亮说出类似的言语。此处似是考虑到东西方文化背景的不同而做出的改动。英、荷文本里的处理更合于西方的平等观念，况且洪亮是狄家老仆，与狄公感情深厚、非比寻常，由洪亮之口道出，既显出亲近与关切，也贴合他有别于其他随从的特殊身份。然而中国古人极重视上下尊卑之别，下属理应言行恭谨，不可随意开口，由于陶干与洪亮同为狄公的随从，轻松说笑则在情理之中。

四，第十九回狄公入山拜访隐士，鹤逸先生并未拘泥于俗世礼数，英、荷文本里是“狄公见主人待客如此简慢，心中好生不快”，中文本里却是“狄公见老人脱略不拘，深表钦仰”。此处改动的原因同上，足见高公对于中国文化的了解之精微。没有接触过道家思想的西方读者，想必绝难理解狄公的钦仰之情。

另外，中文本里钱宅管家名叫钱二，丁宅管家名叫邓贵，这二人在英、荷文本里只称管家而没有人名。在英译本《狄公案》前言里，高公曾指出“中国人对于人名具有超乎寻常的记忆力”，中国小说里人物众多，但是对于西方读者会造成阅读困难，正是出于这一考虑，他在狄公案系列小说的英、荷文本里总是不断尝试减少人物和人名。

全书还有一个重要的关节处，即用谐音造成的重要线索。“倪氏争产案”取材于明代公案小说《龙图公案》之《扯画轴》，然而原作中并未利用谐音。前文提到的《武则天四大奇案》中曾出现过类似的谐音线索，高公将其译成英文时，做了相当巧妙的变通处理，猜测或许正是受此启发，他在随后创作《迷宫案》时也使用了这一手法，将中文原作里的“倪”和“你”处理为英文本里的 Yoo 和 You、荷文本里的 Yü 和 U，着实令人拍案叫绝。在此指出一点，谐音翻译诚可谓是对译者的最大挑战，或许唯有高公这样精通多种语言又极富创意的天才型作家兼译者，方可在不同文字的转换过程中举重若轻、游刃有余。

从英、荷文本里，有时似能体会到高公那种牛刀割鸡、难以尽兴的无奈，为了让读者更易接受，只得一味浅近，然而在中文本里就无须再有类似的顾虑，大可尽情挥洒。这种极其照顾不同读者群接受能力的做法，前提便是要能熟练掌握不同语种的写作技巧，否则有心无力，亦是枉然，而高公确实成功地做到了这一点。在中文本里，他更着力于文字功夫，故事本身倒在其次，因此在写作手法上略显平铺直叙；而在英、荷文本里更注重趣味性和知识性，将中国传统文化的特色内容融入小说之中，上至朝堂下至江湖，涉及官制、律法、哲学、艺术、风俗民情、家什器物等等方面，涵盖极广，并且始终力求真实无误，正如著名学者吴晓铃所言：“高氏的博览和杂学奠定了他创作《狄公案》的坚实基础。理解这个背景，才能明了他的创

作里的哪怕一个细微的情节，甚至一草一木一屏一盏，几乎无一字无出处。”❶

关于本书的创作背景和素材来源等内容，可详见上海译文版“大唐狄公案”《迷宫案》的后记与译后记，此处不再赘述。

《狄仁杰奇案》1953 年初版只收入插图，且图中无高罗佩姓名首字母组成的花押字。第五回附图“伙劫公堂强徒中计”，前后共有三种版本，不同之处在于狄公的官服纹样与右边墙上的装饰。第六回的《虚空楼阁图》亦有三种版本，日译本、中文本的图中，“虚空楼阁”四字为竖排篆书，与文中所述相符，英文本的 1956 年荷兰初版与 1962 年英国初版中则为横排隶书，不同之处是前者居左、后者居中。除此之外，各画中的山峰云雾在细节处理上也略有差别。

为此书作序的冯列山、黄应荣，1943 至 1946 年间曾与高公在重庆有过交往。冯列山（1907—1998）生于新加坡，1929 年毕业于复旦大学，1932 年前往德国慕尼黑大学留学，1935 年获得博士学位，成为中国第一位新闻学博士，先后出任香港《申报》主笔、新加坡《总汇新报》总编辑及复旦大学、燕京大学、暨南大学等高校的新闻学教授，1949 年前往新加坡，担任《南洋商报》主笔。❷ 黄应荣（1905—1978）生于新加坡，曾获东吴大学法学学士学位、美国乔治华盛顿大学法理学博士

---

❶ 吴晓铃著：《“乃知盖代手，才力老益神！”——记〈狄公案〉作者荷兰高罗佩》，《聊城师范学报》（哲学社会科学版）1988 年第一期。

❷ 卓南生著：《我所知道的冯列山先生》《冯列山新闻文集》，世界知识出版社，2014 年。

学位，1930 年学成归国，在上海成为开业律师，同时担任东吴大学、暨南大学、光华大学等高校教授，1949 年返回新加坡，1955 年成为南洋大学政经系教授，后任副校长等职。另外，为此书题词一首的“立斋”，想必正是前文提到的曾帮助高公自译此书的张立斋教授。

1953 年《狄仁杰奇案》初版发行之后，1983 年中国台湾文海出版社出过一种影印本，可惜质量不尽人意，由于依照复印件印刷，有些字迹模糊不清、难以辨识。2000 年国内群众出版社出版《狄梁公四大奇案》一书，将王筱芸点校重排的《狄仁杰奇案》附录于后。2020 年 8 月，新加坡南洋出版社再度推出新版，采用灰度影印，图文十分清晰，感谢董玉振社长将此珍本重又发行，国家图书馆的于鹏先生在其中做了大量工作，不但热心促成此事，还提供了包括所有插图在内的许多相关资料。这一新版影印本保留了繁体竖排且不分段的原貌，极具收藏与研究价值，然而对于如今的读者来说，难免会造成一些阅读上的不便。此次推出的这一全新简体横排本，在适当分段的同时，也纠正了原书中一些明显的错漏之处，相信读者在看过之后，必会对高罗佩先生的汉学造诣与中文功力有所领略。

本书的影印图片全由董玉振先生提供，于鹏先生则在校对勘误方面提供了许多建议与帮助，在此特别致谢。

张　凌

2021 年 9 月